A morte e o meteoro

Joca Reiners Terron

A morte e o meteoro

todavia

Se ainda resta neste mundo alguém
que ame o mistério, peço a ele ou a ela,
com gratidão e afeto, que divida
igualmente a dedicatória deste livro
com a inexplicável Egípcia do Crato.

Nenhum homem é rei de porra nenhuma.

Índios Metropolitanos

I.
Grande Mal

Hoje vejo o acontecido como o epílogo irrevogável da psicose colonial nas Américas, que eu preferia ter sido apenas mais uma mentira ditada pelos vitoriosos e não a verdade choramingada por outra derrota, agora sem dúvida definitiva. No começo, os cinquenta kaajapukugi iriam para o Canadá. Tendo saído da Amazônia, de um lugar mais quente que o inferno e onde as chuvas equatoriais já não caíam tão caudalosas quanto no passado, dificilmente se adaptariam aos rigores negativos do clima canadense. Assim, terminaram em Oaxaca.

Se a zona árida da planície daqui não servia para eles, nada mais no mundo se parecia com a selva amazônica ou com aquilo que restava dela, algumas dezenas de hectares de árvores agonizantes em vias de serem calcinadas pelo sol. Os kaajapukugi, uma tribo isolada que recusava contato com o homem branco, viviam numa paisagem desertificada sem estarem preparados. Faria enorme diferença virem para cá. Eram caçados onde nasceram. A saída foi levá-los para as montanhas perpétuas de Huautla.

Não passavam de cinquenta kaajapukugi, últimos sobreviventes de seu povo, suas últimas cinquenta cabeças postas a prêmio. Fui encarregado do caso pelo secretário federal de imigração, um imbecil indicado ao cargo pelo Partido Revolucionário Institucional. O fato de ter me colocado à frente disso deve ter sido o lampejo final da monótona vida sináptica daquele desprivilegiado pelos neurônios, uma última e desesperada justificativa de sua existência inútil.

Então eu saboreava meus sofrimentos de burocrata empilhado num escritório da Comissão Nacional para o Desenvolvimento dos Povos Indígenas, a meio caminho do ventilador e do fichário, e a cerca de um braço da mesinha onde a garrafa térmica do café exalava seus últimos suspiros. Meus pais haviam morrido fazia um par de meses, como se tivessem combinado, para me perturbar de uma só vez e por todas. De modo que, além de órfão recente e herdeiro de um velho casarão no centro histórico de Oaxaca, eu também era um solteirão de meia-idade, e já não tinha esperança de casar ou ter filhos.

Por aqueles dias me pareceu que o mérito dessa experiência, participar de um episódio da desventura dos exílios políticos (talvez a situação mais inesperada e drástica dessa história tão comprida, até mesmo absurda, uma fuga conjunta daquele complexo penitenciário continental que é a América do Sul), seria uma maneira de relevar o luto e a solidão na qual me encontrava. Era, quem sabe, minha última oportunidade de cuidar de alguém, de atribuir algum sentido à minha vida e às de outras pessoas.

Em resumo, tratava-se da última aposta na sobrevivência dos últimos cinquenta kaajapukugi a partir da última ideia (que também foi sua primeira e única) de um político medíocre, levada adiante pelo último sertanista e por um velho mazateco recém-enviuvado que representava o último de sua linhagem xamânica. Eu também estava nas últimas. Não tinha como dar errado.

Eu me considerava mais ou menos qualificado para encabeçar a missão, um antropólogo interessado por línguas mortas, cujo trabalho de muitos anos consistiu quase inteiramente em despachar ônibus decrépitos com trabalhadores rurais à zona agrícola ou, com menor ou maior frequência, preencher certidões de nascimento e óbito a granel. Seria minha única investigação da língua desconhecida de uma etnia em extinção, com o acréscimo ditado pela sorte, ou pela desgraça (hoje não sei dizer bem), de conviver com seus remanescentes definitivos. Além de tudo, andava necessitado de amigos, talvez até mais do que os kaajapukugi.

Descrito assim poderia parecer oportuno, mas o secretário de imigração nunca teve ideia digna de nota, e de novo estava equivocado: a situação toda parecia fadada a erros de avaliação aos quais os envolvidos, eu incluído, fomos levados pelo desespero. Contudo, se tem algo que não pode ser atribuído a uma só pessoa nesse caso, é a culpa. O epílogo estava escrito, só que ninguém mais sabia ler. A história nos trouxe a esse ponto cego e, como em toda situação parecida, a culpa devia ser endereçada à espécie humana, ou ao menos àquela parcela que ainda merecia ser identificada por qualificação tão flexível: aos humanos humanitários, por assim dizer, ou aos melancólicos que sobreviveram ao cinismo.

O exílio dos cinquenta indígenas recebeu razoável atenção da imprensa mundial. Uma epidemia de imagens dos kaajapukugi em trajes cerimoniais muito velhos, pertencentes a seus ancestrais, trançados em palha de urtiga, passando pelo detector de metais (toda uma incongruência) contaminou linhas do tempo por duas ou três semanas. Tamanho interesse se deu por conta da narrativa repleta desses atrativos que a audiência adora: sua morbidez inegável, a violência sem quaisquer justificativas, e ao final, à guisa de diamante da coroa, um enigma insolúvel. Ato contínuo, tudo desapareceu da memória pública em poucos dias, sem deixar vestígio.

Foi o primeiro caso da história das colonizações no qual um povo ameríndio inteiro, os cinquenta kaajapukugi remanescentes, pediu asilo político em outro país. Eram os últimos falantes de uma língua quase desconhecida, uma estranha língua mestiça que, embora carregasse algo do dialeto yepá-mahsã, ao ser ouvida pela primeira vez, parecia alienígena, tais eram suas diferenças com as duzentas e tantas línguas originárias do

Brasil de décadas atrás, uma estufa de etnias que já não existe mais. Os kaajapukugi pediram refúgio, levando todos os seus sobreviventes, pois o meio ambiente de onde eram nativos, a Amazônia, estava morto, e vinham sendo caçados com determinação pelo Estado e pelos seus agentes de extermínio: garimpeiros, madeireiros, latifundiários e seus capangas habituais, policiais, militares e governantes.

Essa opção extrema só foi possível graças às negociações com o Estado travadas por Boaventura, sertanista da Fundação Nacional do Índio brasileira, um homem que dedicou sua vida à defesa dos kaajapukugi, e que visitou Oaxaca às vésperas de ser iniciada a viagem dos seus protegidos para o exílio.

Por muitos anos, Boaventura foi o modelo a ser seguido no tratamento dos povos isolados. Dele, sabia-se apenas que nunca obteve estudos formais, o que talvez tenha resultado em sua produção quase nula de estudos etnográficos, e de sua coragem em campo. A certa altura da vida ele se isolou no Alto Purus, de forma parecida com os índios que defendia, tornando-se o símbolo de um mundo que era destruído velozmente, em parte devido à extinção das novas demarcações de reservas indígenas e do cancelamento das antigas. O conflito continental da aliança entre Brasil e Colômbia contra a Venezuela só agravou a situação. Aos poucos, deixaram de aparecer histórias quase fantasiosas de seu combate aos invasores das terras kaajapukugi, o que chegou a ser confundido com algo positivo. Afinal, se não apareciam mais manchetes catastróficas sobre genocídios indígenas nos jornais, talvez os kaajapukugi continuassem vivos, e Boaventura devia seguir flutuando em seu barco no horizonte fluvial, quase misturado à paisagem amazônica que o projetou para a fama. Se a ingenuidade costuma ter um final, a cobiça e a violência nunca têm limite. Quando enfim apareceram notícias de Boaventura, vieram através da fotógrafa britânica Sylvia Maria Fuller, principal responsável pela menção ao nome dele sempre vir sucedida de mistério.

Os contatos de Sylvia Maria Fuller no departamento de antropologia da Universidad Nacional Autónoma de México a conduziram ao secretário federal de imigração, que logo acionou meu chefe, um homem cuja presença no escritório se resumia à figura do seu avatar na forma do brasão da equipe do Cruz Azul, que aparecia de tempos em tempos em minha tela quando ele enviava mensagens. Naquela ocasião, era um alerta da chegada próxima de Boaventura a Oaxaca. O brasão do Cruz Azul continuou a pulsar, afirmando que a tarefa de acompanhá-lo não seria muito simples. É um homem com mais de oitenta anos e fama de difícil, digitou o chefe. Além disso, a sra. Fuller ressaltou que ele não anda bem de saúde. Segundo ela, seria ideal que nem mesmo viajasse, mas Boaventura deseja conhecer a área da serra reservada aos índios. Ele já esteve no Canadá, prosseguiu o cintilante avatar do Cruz Azul, e parece que saiu de lá meio perturbado.

Na impossibilidade de se obter apoio dos países fronteiriços (a guerra de oito anos contra a Venezuela impediu o diálogo), cujos biomas se aproximavam da região dos kaajapukugi na bacia do rio Purus ao sul do Amazonas, ou daquilo que era possível encontrar ali duas décadas atrás, antes da destruição do bioma amazônico, Boaventura, incumbido de buscar asilo político para os indígenas, tinha aceitado a proposta do Canadá, a princípio o único país disposto a recebê-los. O avatar do meu chefe vacilou ligeiramente (a demora na digitação da mensagem seguinte sugeria isso) e, pouco antes de sumir sem se despedir como de costume, relatou o sucedido na viagem segundo a descrição feita ao secretário por Sylvia Maria Fuller.

Boaventura chegou a Ottawa em pleno inverno, digitou meu chefe. Mal agasalhado, ainda a caminho do hotel, decidiu que faria o impossível até arranjar destino mais quente para os kaajapukugi. Nem chegou a desfazer a mala. Na manhã seguinte, após vagar pelas calçadas cobertas de neve, passou quase uma hora diante da imensa tela acesa na vitrine de uma loja que espelhava o parque às suas costas, repleto de plátanos desfolhados. No reflexo da vitrine, a desolação nevada sem vivalma ganhou contornos ainda mais gélidos. Observou os arranha-céus metálicos no horizonte, que ele sabia abarrotados de executivos empenhados em lucrar com as poucas commodities que ainda existiam no mundo. Não pareciam construções feitas por mãos humanas. Acabou deixando de comparecer à reunião decisiva arranjada pela OEA com funcionários do Ministério de Direitos Humanos canadense.

Na vitrine da loja, Boaventura se distraiu ao ver uma reportagem sobre o lançamento da missão chinesa a Marte no Cosmódromo de Baikonur, no Cazaquistão. Foi tudo o que fez em Ottawa: acompanhar a lenta preparação do risonho casal de tripulantes chineses em simuladores de gravidade e imagens da estação marciana com o símbolo da missão estampado na lateral, um desenho meio apagado que lhe trouxe a lembrança igualmente nebulosa de algo que preferia ter esquecido. Na tela, legendas em inglês consideravam que aquela não era a primeira tentativa de enviar uma missão tripulada a Marte, mas talvez se tratasse da última. A câmera exibiu a tripulante despida da parte de cima do seu traje espacial, sua camiseta suada e o crachá de identificação pendurado no pescoço, e ela parecia bem menor que antes, quase uma menina com suas meias alaranjadas de bolinhas brancas. Sentada à mesa do refeitório, a tripulante comia sua refeição, um prato de lámen, e assim que o foco se aproximou de seu rosto redondo, ela sorriu para a câmera. Aquele sorriso torto, cujo canto esquerdo dos lábios se alçava um pouco acima do direito, e a brancura unânime dos dentes. Quando isso aconteceu, Boaventura deu dois ou três passos para trás.

Em seguida pegou um táxi para o aeroporto, sentindo-se desesperado, um desespero que foi amenizado ligeiramente quando continuou a assistir à reportagem com distraído interesse e indagação crescente enquanto aguardava o embarque, e logo evoluiu para uma coisa qualquer parecida com esperança. Depois tomou o primeiro voo de regresso a São Paulo, a tempo de pegar sua conexão até Brasília, concluiu o avatar de meu chefe antes de sumir de vez de minha tela.

Submergido nas nuvens sobre o Atlântico, Boaventura adormeceu e sonhou com Maria Sabina. Em sua juventude, assistira a um encontro impressionante com a xamã oaxaquenha num congresso, e a turbulenta aparição dela em seu sono (ao despertar, descobriu que o avião enfrentava uma tempestade) funcionou para que se recordasse dos antigos contatos de sua amiga Sylvia Maria Fuller na Unam. Ao chegar, mal suas botinas furadas tropeçaram nos tacos soltos do escritório da Funai onde cumpria expediente nos últimos tempos, observou que seus arquivos contendo anos de pesquisa tinham desaparecido, assim como a cadeira de sua escrivaninha, cujo tampo revirado e inútil retribuía seu olhar sem sentido. Embora soubesse que em poucos dias o escritório seria fechado em definitivo, ainda assim aquilo lhe pareceu suspeito. A Funai não passava de um tipo de almoxarifado onde o Estado depositava velhos trastes, o que parecia incluí-lo. De todo modo, exceto pela linha telefônica em funcionamento, uma verdadeira relíquia, era como se o escritório já estivesse fechado há anos.

Ao falar com Sylvia Maria Fuller, Oaxaca logo surgiu como escolha sem dúvida mais promissora, por não ser distante da América Central, mas também pela eficácia de nossas políticas indigenistas, que já duram décadas. Maria Sabina lembrou Boaventura disso no sonho, e ele pousou no aeroporto da capital do estado cerca de um mês depois, no início da primavera, onde eu o aguardava com o chapéu nas mãos e a chave do jipe no bolso. Revelou seu sonho com Maria Sabina quando rodávamos em direção ao norte. Além de se satisfazer com minha prontidão para recebê-lo, entendeu como bom presságio o fato de Maria Sabina também ter sido minha professora. Não teria dado maior atenção ao sonho, caso ocorresse em terra firme. No entanto, é necessário ficar atento aos sonhos que temos ao sobrevoar a superfície deste planeta: e em meu sonho, disse Boaventura, ela me apontou, sem nenhuma possibilidade de engano, a cicatriz escura no mapa de Oaxaca que representa a serra de Huautla, território dos índios mazatecos.

É o lugar ideal, difícil entender como não pensei nele antes, concluiu Boaventura. De olhos na estrada e no perigo de algum animal noturno cruzar à nossa frente, sem poder olhar diretamente o meu companheiro de viagem no banco do passageiro, eu era obrigado a me contentar com sua voz rouca que ressoava à direita e com a lembrança de encarar, não sem certa timidez, suas ruínas faciais ao retirar a mala de sua mão na chegada. Ainda no primeiro contato com os kaajapukugi na juventude, ele tinha sido flechado no rosto. Equilibrava-se em pé numa canoa que deslizava por um igarapé estreito do Purus, quando a flecha varou suas bochechas de um lado a outro, dilacerando-lhe a língua. Graças a esse dia em que provou como se sente um porco-espinho, conforme costumava contar a recém-conhecidos, e ao sotaque meio capenga usado ao se comunicar em espanhol, nem sempre era possível compreender o que ele dizia. As últimas sílabas das frases de Boaventura se perdiam no limbo entre o dito e um sussurro que morria no silêncio.

A vegetação da serra começou a se adensar quando ultrapassamos o limite da reserva, e o volante do jipe vibrava sob o esforço despendido por minhas mãos a fim de superar os buracos da estrada. Com gestos de satisfação, debruçado à janela, Boaventura observou as árvores de mais de sessenta metros e a distância longilínea das grandes bromélias e orquídeas que estendiam suas sombras sobre a mata à luz dos faróis. Aos seus olhos, aquele ambiente configurava a reserva indígena prometida aos homens kaajapukugi, a seus amigos de tantos anos e a quem estranhamente ele nunca dirigira a palavra, cujo sofrimento por verem sua terra invadida e sua nação exterminada foi levado ao extremo por um fato que punha em xeque o próprio sentido da expressão "reserva indígena", segundo Boaventura, já que entre eles não restava mais nenhuma criança. E a suprema infelicidade: já não restava nenhuma mulher. O futuro não lhes reservava grande coisa.

O genocídio dos kaajapukugi havia sido deflagrado no final do século XIX, após o êxito tão improvável de sobreviverem a quatro séculos da presença do homem branco no continente, que os obrigava a seguir penetrando, a cada ano, a cada mês, dia e hora, mais e mais léguas de selva, em fuga permanente da perseguição fatal das epidemias de sarampo e gripe trazidas pelos invasores. Após se aproximarem de seringueiros a fim de obter ferramentas metálicas — picaretas, enxadas e facões a serem usados nas suas plantações de mandioca e batata-doce, objetos dos quais se tornaram dependentes a partir do instante em que os descobriram —, doenças dizimaram a maior parte do grupo.

A mortandade os levou ao completo isolamento, disse Boaventura enquanto percorríamos ruas desabitadas do vilarejo dos mazatecos, onde nos reuniríamos com a comissão que administrava a reserva para tratar da recepção aos exilados. A história do povo até hoje conhecido como kaajapukugi era acidentada: ao serem atacados por inimigos, os sobreviventes, que pertenciam a uma nação muito maior composta por diversos povos, a quem sertanistas designaram como os kugi, uniram-se a remanescentes de outra tribo e desapareceram nas profundezas da selva por um século. Sua pista ressurgiu apenas em 1980, graças ao trabalho de Boaventura.

Sem se preocupar em pedir licença, ele acendeu um baseado antes de descermos do jipe estacionado, e observou o zócalo, onde silhuetas iniciavam sua perambulação diária no meio da névoa, ora despontando a brasa de um cigarro de uma nuvem, ora a franja acinzentada de uma manta ou a aba larga de um chapéu de palha sobre uma cabeça decapitada que flutuava no ar gélido da manhã. Eram fantasmas esquecidos pela noite, que desapareceriam de vez assim que o sol surgisse atrás das montanhas. O inverno havia terminado, mas o frio ainda persistia nas primeiras horas do dia. Não se comparava à intensidade glacial do Canadá, porém a altitude e a vegetação sempre mantinham a temperatura de Huautla não muito distante de zero.

Atravessamos a praça enquanto os membros dos corpos antes separados pela névoa agora se reuniam, adquirindo a forma de velhos e mendigos que passaram aos poucos a ter rostos carcomidos pela miséria e pelo tempo, pela doença e pela caçada milenar sofrida pelos povos indígenas do México. Uma criança de olhos brilhantes cujo sexo me pareceu indiscernível tocou em minha mão e pediu dinheiro para comer. Na esquina próxima, uma senhora assava tortilhas que vimos primeiro pelo olfato, depois pelos olhos, e para lá prosseguimos com a criança faminta no encalço. Não tínhamos comido nada desde o aeroporto.

Boaventura, ao iniciar seu trabalho de observação dos kaajapukugi, deu continuidade ao princípio do não contato com povos isolados que a Funai só adotaria como regra muitos anos mais tarde, quando ele já tinha envelhecido, somente depois de povos inteiros serem aniquilados por uma mera gripe transmitida pelo organismo cristão e antievolucionista de algum missionário protestante tomado de bons sentimentos, mas também de vírus letais. Nessas circunstâncias, um espirro era mais devastador que um tufão, e fazia tombar milhares num efeito dominó repetitivo, estúpido e cruel bancado por um deus sempre ausente.

Juan El Negro, líder mazateco, nos aguardava no escritório que servia de centro administrativo da comunidade. Estava sozinho, acocorado em uma esteira no chão, e nos convidou a acompanhá-lo com gestos de simpatia cuja lentidão denunciava sua idade. Desde a morte de Maria Sabina, ele coordenava o diálogo com o Estado e suas agências governamentais, adaptando-se como podia à oscilação da política nacional e da navegação do tempo, que àquela altura já lhe parecia com o oceano, mas com um oceano sem margens onde pudesse aportar, tantos eram os anos em que se encontrava neste mundo. Era um xamã, então talvez seja mais correto dizer que no seu tempo de vida El Negro se equilibrou entre dois mundos, e naquela ocasião pisava no outro, o do lado de lá, quase totalmente com as duas plantas rachadas dos pés.

Ele compunha a comissão de recepção inteira, e queria saber mais acerca de seus hóspedes (assim se referiu aos kaajapukugi: "meus hóspedes"), além de manifestar preocupação sobre seus hábitos, algo que apenas Boaventura poderia esclarecer. Entre os arabescos da fumaça exalada pelas cumbucas de chá que El Negro nos serviu, a história dos kaajapukugi começou a se desenhar: em 1880, após o território das nações kugi ser contaminado por epidemias trazidas por seringueiros, doenças que apagaram as pegadas dos kaajapukugi originais e de povos inteiros, dos intókóçúmekugi, pakónkugi, skoténkugi, ikôkugi, incêpkugi e koçúatétkugi, disse Boaventura, os indígenas que então conhecíamos como últimos remanescentes de sua etnia fugiram selva adentro em direção à fronteira da Venezuela, onde foram atacados por inimigos.

Os homens, mulheres e crianças que escaparam dessa matança, a meio caminho de morrerem de fome e em decorrência dos ferimentos, foram encontrados por outra tribo, desconhecida hoje em dia. Esses os salvaram. Não eram muitos indivíduos, os dessa segunda tribo, devia ser apenas uma família. Sem dúvida, eram mais evoluídos. Encontrei vestígios deles, produziam objetos e trajes mais elaborados que os dos kugi. Ambos os grupos prosseguiram juntos em sua jornada, deparando-se no caminho com vestígios de antigas civilizações como que brotadas da chuva incessante que revelava tesouros e logo os ocultava, disse Boaventura, encarando El Negro, em lugares onde a mata se emaranhava como se a alimentasse o poder de um inseto ignorado. Não passavam de trezentas pessoas, em terras nunca pisadas pelo homem branco.

Depois de vagarem por meses, instalaram-se ao sul do rio Purus, na mesma região onde Boaventura os encontraria dali a cem anos, quando seria flechado na cara e então aprenderia algo da capacidade humana de adaptação e sobrevivência, mas nada dos limites da covardia e do alcance da coragem.

Em sua mitologia, os primeiros kaajapukugi, integrantes de um povo ora esquecido, viam a si próprios como um único e imenso felino selvagem. Ao perderem membros do seu grupo para a doença e a guerra, tornaram-se um felino de pernas e garras amputadas, sem orelhas e com feridas tão graves que não seriam curadas por nenhuma poção ou unguento. A salvação veio na forma dos outros que encontraram, disse Boaventura, um povo que se identificava com o grande lagarto teju. Possuíam grande conhecimento, esses outros.

De início a união dos dois povos não funcionou, e os membros de ambos, do grande gato e do lagarto da cauda decepada, passaram a se estranhar como estranharia a pequenez de uma casinha de anões a filha de um gigante que fosse obrigada a habitá-la. A cauda do lagarto aos poucos se renovou, tão logo os grupos recém-unidos se depararam com a nascente do Purus, terra ideal pra construírem suas malocas coletivas cujo pilar principal chegava a atingir vinte metros de altura, a dimensão de verdadeiros edifícios.

Entreveros entre os dois povos passaram a ser comuns, quase sempre causados pelas diferenças de hábitos e crenças, mas o felino não demorou a notar o poder regenerativo da cauda do lagarto, que se renovou e cresceu. Os membros felinos aderiram às reptilidades do lagarto, por assim dizer, e o grande gato se curou. Desentendimentos cessaram ou se tornaram um modo silencioso de evitar assuntos inacessíveis à compreensão de um gato, disse Boaventura, ou vice-versa, problemas felinos que sob nenhuma hipótese receberiam atenção do lagarto.

Com deleite, El Negro acompanhava o relato do convidado, os olhos fechados enquanto tragava o cachimbo e expirava volutas de fumaça que eram chupadas pelos raios do sol para fora da janela tão larga e baixa que chegava ao rés do chão, onde era possível ver do lado de fora a criança faminta que nos seguiu. Estava ali sentada entre os pés de agave do jardim, se refestelando com quesadillas que as mulheres, avermelhadas pelas chamas do fogão à lenha, de tempos em tempos lhe estendiam em pratos de plástico vermelho, verde e amarelo.

O fim da contenda resultou num traço comportamental curioso, uma distorção incomum no temperamento indígena, disse Boaventura, decorrente da decisão de não lutarem mais entre si, de preservar uma convivência pacífica. Essa decisão, que excluía a resolução de contendas por meio do diálogo, talvez tenha se devido às diferenças linguísticas, outra fonte de problemas. Pra não brigarem, se calavam, e ao se calarem eram tomados por uma grave melancolia que os obrigava ao afastamento dos demais, a se isolarem na selva. Aquele povo recém-formado passou a enxergar a si próprio como um grande gato selvagem com a astúcia do camaleão. Parte de seu sofrimento decorria de compartilharem um único organismo. Sendo assim, a estrutura social que os abrigava eliminou níveis hierárquicos e a existência de caciques. Também não tinham pajé pra mediar seus conflitos pessoais. Os atuais kaajapukugi são um povo anárquico, não aceitam nenhum tipo de liderança.

A visão da mesa oferecida pelas mulheres mazatecas arrancou das feições esburacadas de Boaventura um leve tremor de alegria em forma do repuxar das cicatrizes. Depois de comermos em silêncio, El Negro quis saber da espiritualidade dos hóspedes. Tinha ouvido falar do tinsáanhán, de seu consumo sagrado, e sabia que eram preparadores de poções. Os próprios mazatecos eram muito conhecidos por sua relação com o teonanácatl, e eu mesmo, numa época em que ainda acreditava em alguma coisa, frequentei rituais conduzidos por Maria Sabina para consumir o cogumelo alucinógeno. Ao ouvi-lo, Boaventura devolveu ao prato o bocado que comia e interrompeu a mastigação, pois percebeu que nosso anfitrião ainda não havia compreendido o alcance devastador da calamidade que se abatera sobre os kaajapukugi. Sua expressão pareceu mais desolada.

O ecossistema onde viviam foi inteiramente destruído, disse Boaventura, e com ele suas plantas medicinais sagradas e até os venenos nos quais embebiam flechas e o timbó que usavam pra pescar. Peixes morreram, rios secaram. Tudo desapareceu, até os besouros dos quais extraíam tinsáanhán. Nada restou além de areia e erosão. No rastro do desaparecimento do tinsáanhán, o mundo superior deles também foi tragado, e com ele seus deuses, suas festas e até os três Céus onde descansariam nos campos e caçariam alegremente besouros e fariam amor com suas mulheres. Ao dizer isso sua cabeça pendeu, o tronco sacudiu um pouco, e do canto ensombrecido onde eu bebia calado um copo de pulque, vi os olhos de Boaventura se umedecerem. Os hóspedes que o senhor irá receber, ele disse a El Negro, não passam de mortos que andam em direção a lugar nenhum. E nisso compartilhamos algo parecido: estamos todos caminhando pra morte, não é mesmo?

Algum tempo depois do encontro em Huautla, às vésperas da viagem dos kaajapukugi para Oaxaca, o avatar de meu chefe com o brasão da equipe do Cruz Azul tremeluziu na tela do meu celular com uma mensagem de áudio inesperada — ou pior, um tipo de mensagem que nunca se espera — para informar, entre silêncios e pigarros, que Boaventura havia morrido. A morte o surpreendeu no banco traseiro do táxi que o conduzia ao aeroporto de Brasília, onde pegaria seu voo para o México na companhia dos exilados. A autópsia ainda não indicou a causa da morte, complementou meu chefe com uma mensagem de texto, mas parece ter sido infarto.

Com a extinção daquele homem — e se tratava de um aniquilamento completo, pois Boaventura também representava a longa cadeia de sertanistas que combateu o Estado brasileiro em defesa da sobrevivência dos nativos, e com eles partiu aos poucos, ou foi partida no decorrer dessa longa e inestimável derrota cujo elo derradeiro se rompeu no instante mais trágico daquela morte precoce —, a responsabilidade, ou mesmo a paternidade, daqueles cinquenta kaajapukugi recaiu sobre mim, um órfão que se debatia com seu próprio luto. Na contramão do esperado, já que eram idosos ao morrer e tínhamos nossas diferenças insolúveis, eu não conseguia assimilar a perda dos meus pais. No rastro do sumiço deles, não sabia que fim dar ao casarão lotado de velharias que agora me pertencia. O sangue da família definhava e o casarão era minha herança. O cheiro das coisas devia ser o mesmo dos corpos de meus pais em decomposição.

Os dias que se sucederam ao nosso único encontro e as horas anteriores ao recebimento daquele áudio funesto foram preenchidos por angústia semelhante à experimentada quando aguardamos convidados para uma festa: a incerteza sobre se alguém vai aparecer, ou se a comida vai ser suficiente, ou mesmo se não haverá um vegetariano surpresa entre os convivas que vai levar nossos esforços ao ralo ao recusar o que lhe é oferecido.

Para combater a ansiedade, inicialmente motivado por reuniões preparatórias de boas-vindas que se faziam necessárias, voltei a participar dos ritos de consumo do teonanácatl tocados por El Negro, a fim de abrir caminhos para a chegada de nossos hóspedes e afugentar os la'a, duendes albinos da selva.

Do casebre úmido de El Negro nos cerros de Huautla era impossível ver o céu. Não fazia muito que ele tinha perdido a esposa de toda uma vida, e a ausência de mulheres era gritante por ali, na mazela de objetos e roupas, e no silêncio. Entre as preocupações do xamã, a que mais o inquietava se devia ao remédio sagrado dos kaajapukugi, tinsáanhán, pois Boaventura disse que o inseto que o gerava levaria tempo para dar ovas e crias, mesmo sob o clima fértil da serra. Exigiria uma espera que não estava disponível para aquele povo condenado ao mundo físico sem a orientação de seu deus, exilado pela destruição ambiental, só que em outro plano, agora inacessível aos índios.

Aos olhos de um sacerdote como El Negro, tratava-se da maior catástrofe num horizonte inteiramente pontuado por catástrofes. Aqui chegarão apenas seus cascos vazios sem as almas, disse. Talvez o teonanácatl pudesse amenizar sua dor. Esses homens perderam mulheres e filhos. Estão sozinhos nessa estrada. Nunca deixei de acreditar nos poderes divinos, disse El Negro, por isso confesso meu desconcerto. Também me preocupa não sabermos quase nada sobre suas crenças. Boaventura, que deus o tenha, nos deixou no escuro.

Numa última conversa à distância que tivemos antes do encontro dele com a morte num táxi, Boaventura revelou algo fascinante: na juventude, ao se reaproximar dos indígenas isolados depois de ser flechado, eles não se referiam a si próprios por nenhum nome. Não falavam muito, na verdade. Após semanas de tentativas fracassadas de conversa por parte de Boaventura, em busca de romper a desconfiança deles, e que culminavam em ameaças bastante convincentes de o flecharem novamente, dessa vez num órgão letal, a jovem indígena que lhe serviu de interlocutora revelou que eles assumiram uma palavra inesperada para se identificarem: kaajapukugi.

Para Boaventura, o espanto não poderia ser maior, pois ele sabia que os primeiros kaajapukugi tinham sido exterminados por volta dos anos 20, na sequência de invasões do território kugi. Aqueles dois povos sobreviventes, portanto, cuja força se devia à união do gato selvagem com a capacidade regenerativa do lagarto, agora miscigenados em felino-réptil para enterrar suas diferenças, escolheram ser chamados pelo nome de irmãos aniquilados, metamorfoseando-se em kaajapukugi.

Até então eu não conhecia tamanha capacidade empática, nem mesmo entre sertanistas de estirpe ou missionários tão vocacionados como d. Pedro Casaldáliga, sim, disse Boaventura com suas cicatrizes bem próximas da câmera do computador, eu o conheci em São Félix do Araguaia nos anos 80. Mas eu já não dava atenção ao que Boaventura dizia, não mais, apenas admirava os buracos e a elasticidade da pelanca e das rugas de sua cara na tela do computador. Enquanto ele descrevia o trabalho do abnegado padre espanhol, eu observava os movimentos realizados por seus músculos faciais no esforço de atribuírem humanidade a uma expressão tão esfacelada, concluindo que aquela ferida o coroava com a mais alta dignidade. Afinal, podia olhar Boaventura de frente. Me arrependo de ter feito isso, então eu não compreendia o que via nem o que fazia.

A aterrissagem dos kaajapukugi no aeroporto de Oaxaca, num voo direto de Manaus fretado pela organização não governamental Survival International, comoveu os mexicanos. Centenas de pessoas os aguardavam atrás das barreiras de segurança preparadas pela polícia. Registrada por drones, a descida dos cinquenta homens pela escada do ERJ-145 foi transmitida on-line para o mundo inteiro, rivalizando com notícias do envio da missão chinesa para Marte.

Os kaajapukugi trajavam vestes cerimoniais de palha inteiriças com chapéus e máscaras que lhes deixavam à mostra apenas a parte inferior das pernas. Não carregavam bagagem ou sacolas, e pisaram nos degraus em ritmo pausado e uníssono, como se provassem com os pés descalços o material de que eram feitos, até atingirem o tapete tão vermelho quanto insensato estendido para recebê-los. Parecia a chegada à Terra de seres de outro planeta. Eu poderia descrever com tranquilidade o trançado e alguns detalhes do traje cerimonial que usavam, pois tive um deles emoldurado na parede da sala de casa. Deveria ter ido para o Museu de Antropologia de Xalapa, destino dos outros quarenta e nove trajes similares. Contudo, pouco antes da cena que testemunhei em Huautla se dissipar em investigações da perícia, eu o furtei. Foi um furto impensado, desconsiderando o estado vulnerável em que me encontrava então, após emergir de pesadelos induzidos pelo consumo ritual de tinsáanhán, e do qual não me arrependo.

Na pista de pouso, os recém-chegados se submeteram ao detector de metais ali instalado extraordinariamente para recebê-los, em respeito aos costumes que os obrigavam a só despir seus trajes cerimoniais no interior da selva. As autoridades migratórias indicaram aos kaajapukugi que se organizassem em fila indiana e passassem pelo aparelho de raio X. Na pista ao lado, com o cotovelo apoiado na tampa do motor do antigo ônibus escolar que os aguardava para transportá-los à reserva, eu suspeitava que o policial diante da tela de captação do detector se espantaria com aquelas carcaças esvaziadas de suas almas, como descritas a mim por Boaventura; ou talvez se maravilhasse tanto quanto sua colega, a linda policial que, do lado de cá, rastreava cada hóspede com o detector portátil que ela manipulava com gestos semelhantes aos de um passe religioso mazateco que os livrasse dos maus espíritos, com o olhar muito atento aos trajes cerimoniais que deixavam os kaajapukugi parecidos com cigarras. Os intrincados detalhes dos trançados da palha reproduziam figuras abstratas em vermelho e negro, e suas máscaras lhes subtraíam qualquer aspecto humano. Pareciam uns insetos gigantescos cujo caminhar trôpego em direção ao ônibus não carregava o vigor dos guerreiros que eles foram um dia, somente o cansaço das horas de viagem. Ao passarem por mim, não pude deixar de pensar que sob aquelas carapaças havia apenas viúvos e órfãos, homens cujos filhos e filhas tinham desaparecido, pessoas tão sozinhas como El Negro e eu, expulsas de um mundo cujo chão se abria sob nossos pés e que em poucos dias desapareceria.

Quando duas horas depois o ônibus estacionou na estradinha de terra à margem da selva de Huautla, no cume de um cerro quase inacessível, eu aguardava os kaajapukugi na companhia de El Negro. Debaixo de grossa neblina, os homens saíram do ônibus no que seria o silêncio mais uníssono, não fossem murmúrios vindos da mata e o farfalhar de seus trajes cerimoniais. Sumiram entre a vegetação como se mergulhassem nas águas de um rio que voltavam a visitar inesperadamente pela segunda vez. Levou algum tempo até os ramos deixarem de balançar, e os insetos e morcegos se aquietarem. Mas logo a selva readquiriu sua forma tristonha de muralha ladeando a estrada.

Meu companheiro taciturno e eu aguardamos encostados no jipe, e a lataria úmida de orvalho molhou os fundilhos das minhas calças. Logo a lua se despiu de uma nuvem enorme em forma de bicho desconhecido, que depois passou a se parecer com Godzilla, iluminando o cenário. Poucos conheciam aquela trilha, tão estreita a ponto de mal admitir as dimensões do ônibus que trouxe os kaajapukugi. Havia grandes predadores por ali. Com isso em mente, dando atenção ao puma que atravessou por um instante sua lembrança, El Negro me puxou pelo braço e entramos no carro. O aquecedor ligado em pouco tempo me fez adormecer. Sonhei que estava ali mesmo no interior do jipe, porém desperto, quando um vulto emergiu do matagal e se aproximou da janela onde eu apoiava a cabeça no vidro gelado. Do lado de fora, o esplêndido rosto de uma jovem kaajapukugi sussurrou algo em sua língua, e seu hálito embaçou o vidro. Seu rosto solar se confundiu com a lua cheia, desaparecendo, mas suas palavras permaneceram no ar noturno. Compreendi o que diziam: Grande Mal, ela disse, o homem branco é o Grande Mal.

Despertei com as mãos escuras de El Negro, que sonolento confundi com duas aranhas enormes, me sacudindo pelos ombros. O dia clareava. Ele apontou para ruídos repetitivos vindos da mata. Encontraram as ferramentas, disse El Negro, vamos seguir as pancadas dos machados até onde eles estão. Precavidos, os mazatecos haviam espalhado por aquela zona diversos instrumentos como machados, pás, cordas, serras e facões para o uso de seus hóspedes. Depois de penetrarmos a selva por três quilômetros, localizamos os kaajapukugi numa clareira natural. Trabalhavam com afinco, e a construção da maloca já se adiantava, a estrutura de troncos despontando ao alto. Despidos dos trajes cerimoniais, era possível vê-los agora em sua inteireza brutal. Usavam a cabeça raspada nas laterais, como os moicanos. Não eram baixos e exibiam troncos robustos, efeito de sua vida de caçadores e agricultores. Eram homens velhos, exceto por um deles que devia ter por volta de cinquenta anos e se destacava por ser ligeiramente mais alto, o que disfarçava com sua corcunda providencial. Serravam, rachavam e empilhavam madeira em conjunto, numa coreografia precisa e silenciosa. A despeito da velhice, não emitiam gemidos de esforço ou cansaço, por mais volumosas que fossem as toras que carregavam. As peles acobreadas dos kaajapukugi reluziam ao sol que apontou acima das copas das árvores, enquanto El Negro, após seguir até o jipe e regressar sem que eu notasse, passou a armar a barraca para pernoitarmos. Eu não tinha calculado, mas aquela construção levaria dias. Quando a noite veio, eles ainda trabalhavam. Bastou a lua se anunciar para desaparecerem nas folhagens: o silêncio deles se somou ao da selva, onde eu não dormia desde a infância, quando meus pais (num surto tardio de hippismo que durou menos de seis meses, por sorte) deram para acampar nas montanhas de Veracruz. Na infância, a presença dos pais pode ser tão opressiva quanto a da natureza selvagem. A tortura psicológica a que meu pai me submetia naquelas viagens equivalia a entrar na selva, onde no mesmo instante em que ingressamos, passamos a ser devorados. Ao lado da fogueira, El Negro me estendeu um pote de unguento malcheiroso e grudento que distribuí na pele dos braços, do pescoço e dos tornozelos, alvos preferenciais dos borrachudos que pretendiam vampirizar meu sangue. Naquela noite não sonhei, foi impossível fechar os olhos.

Sons ligeiros de pegadas no tapete de folhas caídas sob as árvores me fizeram desistir de vez de tentar dormir. Na clareira, parte dos kaajapukugi trançava os galhos mais finos em vigas curvas que, conforme a construção evoluía, adquiriam a forma de uma ogiva, enquanto os demais traziam folhas de palmeiras e as dispunham ao sol para secar. Sentei numa rocha meio afastada e continuei a observá-los, porém o contrário não acontecia: para eles eu não estava presente, ou tinha me tornado invisível. Enquanto se moviam com considerável desenvoltura para a idade que tinham, os homens não olhavam uns para os outros, e a sincronia de movimentos parecia regida pela repetição de milhares, de milhões de gestos de antepassados aplicados na construção de malocas através do tempo.

Segundo Boaventura, os kaajapukugi viviam em habitações coletivas onde todas as atividades necessárias à vida eram realizadas, exceto a caça e a pesca, assim como as plantações, ou a produção de venenos como timbó, curare e o rito sagrado do consumo de tinsáanhán, que ocorria numa ilha coberta de neblina. Igualmente, a eles era vetado morrer longe de casa: só poderiam ascender ao Primeiro Céu se morressem sob a maloca. Quando isso acontecia em outro lugar, era porque já não queriam viver. Movimentos repetitivos e cansaço, talvez, aguçaram minha audição, e então percebi o som que faziam, semelhante à vibração de lâmpadas fluorescentes, em frequência muito baixa, e entendi que se comunicavam. Ouvi o zumbido mais atentamente e notei que repetiam as mesmas frases ou palavras em acorde, seguindo uma estrutura melódica, como se cantassem. Os kaajapukugi cantavam, porém em volume quase inaudível. Olhei para o outro lado da clareira, em busca do paradeiro de El Negro, e ao cruzar seu olhar vi que ele sorria para mim.

As informações que pude obter através do único artigo escrito por Boaventura sobre a língua falada pelos kaajapukugi diziam que se tratava de uma língua aglutinativa, assim como o alemão ou, mais apropriadamente, o japonês. De fato, o ritmo prosódico daquela canção subliminar remetia a alguma língua oriental, porém algo nela se encontrava fora de lugar, como ocorre ao ouvirmos palavras de línguas orientais ou indígenas em tradução fonética para línguas ocidentais. O efeito de estranhamento era reforçado pela pronúncia nasolabial, que tinha algo de assovio ou sussurro anasalado sem evidência consonantal, no qual as vogais, acentuadas de modo tão variável e irrequieto, adquiriam completo protagonismo. Mesmo sem compreender, a partir de fragmentos que pude captar com extrema dificuldade e muitas dúvidas ao longo dos dez dias nos quais eles se ocuparam da construção da maloca, intuí que haviam mesclado de tal forma as línguas dos dois povos que originaram os kaajapukugi atuais a ponto de criarem uma nova língua siamesa, na qual unidades silábicas se atraíam e colavam umas às outras em ordem reversa e múltipla como um organismo que compartilhasse órgãos vitais. Para compreendê-la em sua novidade anárquica, todo um novo sistema de estudos linguísticos deveria ser criado, ainda assim sob enorme risco de fracasso. Os kaajapukugi estariam destinados ao completo isolamento, não fosse a obstinação do Grande Mal em invadi-los, colonizá-los e, diante dessa impossibilidade, destruí-los.

Naqueles dias em Huautla, ocorrido esse epílogo da loucura colonial nas Américas, um epílogo na mesma medida improvável e tão previsível, entendi que o ponto-final só poderia ter sido assinalado pelos kaajapukugi, esses índios punks avessos a qualquer liderança, tão anarquistas a ponto de saberem que nenhuma raça é especial, e que nenhum homem é rei de porra nenhuma.

Entrei pela primeira vez na maloca recém-terminada na noite do décimo dia, aproveitando um momento em que El Negro insistia no uso do chá como sinal de boas-vindas para os hóspedes, mas sem sucesso aparente. Primeiro senti o odor das folhas secas de palmeiras que a recobriam em seus duzentos metros de diâmetro, depois me espantei com o interior da construção. Era imensa, muito maior do que seria possível prever vista do lado de fora. O revestimento impedia qualquer som externo de chegar até ali, de conspurcar aquele vazio. Caminhei em direção ao pilar central, com as plantas dos pés descalços sentindo o barro batido do piso, e a energia da Terra subiu por minha espinha dorsal até o cérebro. Sob o pilar, observei sua extensão para o alto quase sem respirar, e senti vertigem. Na extremidade superior da abóbada vegetal havia uma claraboia circular por onde vi estrelas girando como se ampliadas pelas lentes de um telescópio poderoso. O céu estrelado girava, assim como minha cabeça. Aquela nave apontava para o alto, para seu lugar de origem. Estava pronta para partir.

O céu ainda se encontrava lá, não sei qual dos três céus. A ventania varreu as estrelas. O alarido de aves, ensurdecedor, som do vento na terra preta. A noite. As copas das árvores dançavam, o ranger dos troncos e galhos no limite de racharem, empurrados pela ventania. Saraivadas de galhos no ar. As costas atoladas no barro, o corpo nu coberto de folhas secas. Suor frio, dentes trincando, queimação no estômago. Ânsia. A primeira golfada de vômito. Chuva forte na cara. Despertei. Sozinho, deitado no meio da selva. A segunda golfada de vômito. A escuridão não permitia enxergar muita coisa. Terceira. Fagulhas de uma fogueira moribunda flutuaram diante dos olhos, indo se perder na distância. Quarta. Quinta. Tardei a lembrar, e então lembrei. Sentado, mãos apoiadas na lama, o tronco debruçado sobre as pernas, era lavado pela tempestade. Vomitei de novo. O relâmpago incendiou uma árvore, iluminando o matagal. E então vi seus vultos, só assim pude vê-los, por causa do fogo, havia quanto tempo não os via. Estendi minhas mãos em sua direção. Pai. Mãe. Assustaram-se. Reuni forças pra me erguer. Da árvore despencou um galho em chamas, quase me atingindo. A fim de recuperar o equilíbrio, apoiei a mão no tronco incendiado. Cheiro de carne queimada subiu às narinas. Minha carne. Enfiei a mão na lama fria e vi a brasa na palma ardente arrefecer e se apagar através da folhagem que cobria o chão. Pai. Mãe. Não acenaram. Fugiram. Desapareceram no matagal, levando nossas diferenças com eles. Senti o luto aliviar meus ombros. Continuei a caminhar e aos poucos me lembrei.

Tinsáanhán, disse El Negro ao entrar na maloca horas antes, nos convidaram para o ritual no qual irão tomar sua última reserva de tinsáanhán. Uma grande honra. Desejam nos agradecer pela hospitalidade. Nos esperam, disse. Vamos. Num terreno não muito distante dali, os cinquenta kaajapukugi estavam dispostos em círculo ao redor de uma fogueira. Usavam seus trajes cerimoniais, porém não as máscaras, penduradas para trás feito capuzes. Havia dois lugares reservados para nós. Quando nos reunimos, dois deles se levantaram em cada uma das extremidades. Seguiram em sentido ao centro do círculo, soprando o pó diante das narinas de cada homem, que tombava para trás assim que o aspirava. Os dois kaajapukugi chegaram diante de mim e de El Negro. À minha frente, de cócoras, reconheci o homem cuja corcunda o deixava parecido com um carteiro, mas um carteiro em início de expediente com a bolsa ainda carregada de correspondência para entregar. O recipiente de madeira esculpida que usavam tinha forma de lagarto. Ambos sopraram através da boca do lagarto e o tinsáanhán saiu pela cauda, penetrando minhas narinas.

Na selva horas depois, ao despertar do transe, afinal pude me localizar. Andei em direção à maloca. No meio do caminho, vi uma mazateca agachada ao lado de um corpo caído. Quando me aproximei, ela se levantou e partiu, sumindo no meio do arvoredo. Era a mulher de El Negro, que estava morto, a cara lívida coberta de lama e folhas caídas. Tentei cerrar suas pálpebras para que os olhos deixassem de receber agulhadas da chuva. Mas ele sorriu. Ajudei-o a se levantar e El Negro acompanhou sua esposa. Prossegui meu caminho. A clareira se anunciou em sua vastidão, um grande silêncio imperava ao redor. Parei no umbral da maloca, de cujo interior escapava o bruxulear avermelhado de duas fogueiras em vias de se apagar. Sob meus pés senti algo viscoso. Passei o indicador na sola para verificar. Era sangue. O barro batido do interior da maloca estava inundado de sangue enlameado. Retirei um toco em brasa da fogueira e descobri a procedência do sangue: dispostos em círculo, assim como no ritual do tinsáanhán, lembrando os números de um relógio cujos ponteiros enfim deixaram de funcionar, cada homem kaajapukugi tinha um corte profundo na virilha à altura da veia femoral, e a faca caída ao lado, coberta de sangue.

2.
Apagar o sobrenome

No Alto Purus, 1980

Quando saí daquele cenário de aniquilação, após ser ouvido e liberado pela polícia, regressei ao antigo endereço de meus pais no centro de Oaxaca. Foi como se entrasse naquele casarão semiarruinado, que agora era meu, pela primeira vez. O ar estagnado nos cômodos cheirava a degeneração. Devo ter dormido por mais de vinte e quatro horas. Com isso, reuni coragem e sacos de lixo e comecei a esvaziar guarda-roupas, baús, estantes e cristaleiras de seu conteúdo, dos vestidos, calças, camisas, quinquilharias e livros. Joguei os sacos lotados na lixeira da calçada para serem recolhidos por gente mais necessitada que eu, apoiei os punhos na cintura e ergui a cabeça, triunfante. Do outro lado da rua, a melhor amiga de minha mãe, recém-enviuvada, me censurou com o olhar.

Voltei a adormecer. Ao despertar, não sabia onde estava nem o que faria com os dias livres pela frente. Me sentia esvaziado como a estante da sala. Talvez não devesse ter sido tão drástico em meu desapego. Na maior parte de sua vida, meu pai foi um eminente professor da Faculdade de Letras e Filosofia, um homem de bem da sociedade oaxaquenha, portanto havia bons livros em sua biblioteca, que talvez um dia me fossem úteis. Bateu o arrependimento, e verifiquei através da persiana da janela se os sacos permaneciam na lixeira. É claro que estava vazia. Por acaso, vi um mendigo sentado no meio-fio. Lia, compenetrado, a primeira edição de *Pedro Páramo* com dedicatória de Rulfo que pertenceu ao velho, e que eu poderia estar relendo agora. Sentado ali na rua com as pernas cruzadas, o mendigo ganhava um inexplicável aspecto de monge chinês ou japonês, de um monge zen.

Ainda no Distrito Policial, antes de prestar depoimento, meu chefe me dispensou do trabalho por uma semana. Para repousar de toda essa insanidade, ele disse. A princípio pareceu sensato, mas logo percebi por que não fazia isso havia tanto tempo, tirar licença ou mesmo férias, que costumava trocar com colegas ou vender para o RH, servindo como uma espécie de curinga ao departamento, o que me levou a ser tripudiado pelos demais como *o homem que não folgava nunca*, ironia que se chocava com certa fama de funcionário displicente que eu carregava. Agora vejo que não tirava férias para não me sentir aprisionado à casa dos meus pais. Assim, evitava seu convívio e suas ladainhas. Era onde estava inarredavelmente preso agora, lidando com a obrigação de assumir aquele casarão como lar. Por causa da repercussão do epílogo kaajapukugi, concluí que seria melhor evitar cantinas do centro e as previsíveis explicações a desconhecidos. Decidi me habituar ao fato de estar aqui parado no mesmo lugar, imóvel porém com a cabeça em chamas.

Para criar ânimo, fui até o jipe retirar minha mochila. Parecia mais volumosa que de costume, e só ao abrir o zíper me lembrei do furto desatinado que havia cometido. À custa da mente turvada pelo tinsáanhán, ainda impactado pela cena desoladora à minha volta, furtei o traje cerimonial de um kaajapukugi. Ocorreu pouco antes da chegada da polícia a Huautla e, se tenho algo a dizer em meu favor, é o de que o suicida já estava despido quando o encontrei. Os kaajapukugi estavam todos mortos e desnudos. Meu pai colecionava artefatos indígenas, que guardava em sua biblioteca. A coleção se estendia até a sala, onde permanecia, abrigada em uma grande moldura, a réplica de um capisayo, uma espécie de capa de chuva pré-hispânica feita com folhas de palmeira, que retirei da moldura.

Quando fiz isso, uma nuvem de traças saiu do interior da estrutura de madeira e vidro. Esses objetos indígenas começam a se desfazer no mesmo instante em que são roubados de seus abrigos milenares, meu pai costumava dizer com seu desagradável tom professoral. Joguei o capisayo na lixeira e, em seu lugar, guardei o traje cerimonial kaajapukugi.

Ao esvaziar a mochila, também notei que a bateria do meu celular estava arriada. Com a falta de sinal em Huautla, esqueci dele por completo e adotei o rádio usado pelos mazatecos. Coloquei o celular na tomada para reativar e, após algum tempo, ouvi o apito de diversas mensagens que eram descarregadas. Entre elas, uma de Boaventura, enviada no dia de sua morte, o mesmo dia em que mergulhei nas atribulações práticas relativas à chegada de nossos hóspedes e, desnorteado com a notícia de sua perda, relevei as demais notícias que vinham do mundo exterior. A mensagem de Boaventura trazia apenas um link de transferência e nenhuma descrição. Cliquei nele e o navegador passou a baixar um arquivo de vídeo enorme, o que suscitou erros e novas tentativas causadas pela má conexão que tínhamos em casa (resolver aquilo me distrairia pelo resto da semana, se o ânimo voltasse). Pelo horário, devia ter sido enviada do banco traseiro do táxi onde ele morreu, o que não me trouxe nenhum conforto. Só consegui baixar o vídeo integralmente no computador do quarto.

Na gravação, Boaventura estava sentado em seu escritório diante da câmera do computador. Vestia a mesma camisa azul-clara aberta no peito coberto de pelos brancos, o que talvez indicasse que havia registrado o vídeo logo depois de nossa última conversa à distância, na véspera da viagem dos kaajapukugi. Tinha o semblante cerrado e as pálpebras inchadas, como se no intervalo entre as duas gravações tivesse tido uma crise de choro. O vídeo começava com um silêncio entranhado, no qual era até possível ouvir seu ofegar de fumante de muitas décadas. Ao fundo, ouviam-se ecos de uma algazarra infantil originada em alguma piscina ou quadra de esportes nas proximidades, o que conferia certa alegria àquele último registro. Eu me sentia aflito ao imaginar o conteúdo de gravação tão extensa (a barra inferior do tocador de vídeo dizia que tinha duas horas e vinte minutos) e, mais do que isso, o que o levou a comunicá-lo através de uma gravação posterior e não ao vivo, como já fizéramos. Isso me fez relembrar que ele estava morto.

Após hesitar, como se não percebesse que a câmera estava em funcionamento, Boaventura só falou aos dois minutos e trinta e um segundos, de início olhando para os lados, em direção à luz natural vinda de uma provável janela fora de quadro. Parecia aguardar a chegada iminente de alguém. Meu amigo, perdão por esta mensagem inesperada, ele disse, enfim olhando para a câmera. Só agora, depois de conversarmos um bocado, percebo que ainda tenho algo a dizer, na verdade muito a dizer, e com urgência. Tenho recebido ameaças. Bem, sou ameaçado faz tempo, desde não sei quando. Faz muito tempo. Mas estas ameaças têm sido diferentes, e me obrigam a lhe enviar isto aqui por dois motivos. Primeiro, pra que na eventualidade de eu não estar aí durante a chegada dos kaajapukugi, você saiba coisas fundamentais pra lidar com eles. Não digo para compreendê-los, isso é impossível, mas pra lidar melhor com eles, pois é isso o que podemos fazer, nada além disso, a mente selvagem é impenetrável. Segundo, mais adiante, vou compartilhar algumas suspeitas e diversos temores. Peço desculpas por isso também, mas terei de voltar ao passado, aos meus trinta anos de idade, e lembrar fatos que preferia ter esquecido, coisas que deviam ficar enterradas no solo arenoso das margens dos igarapés do Purus. Resta saber como esquecer algumas verdades. Impossível, a não ser que sejam varridas por um acidente vascular ou pelo Alzheimer. Não é o meu caso, pelo menos ainda não. Em 1980 eu era jovem, ainda mais ignorante do que sou agora, e tinha chegado, depois de muitas atribulações na viagem, à bacia do rio Purus. Então eu considerava que não voltaria às cidades, e nunca mais viveria aprisionado entre as paredes de uma casa, ou ensanduichado por lajes de concreto num edifício de São Paulo, cidade onde nasci. Meu pai tinha desaparecido na guerrilha do Araguaia seis anos antes, e minha mãe estava exausta depois de tanto procurar por sinais dele, seguindo de jornal em jornal, de repartições públicas a quartéis e delegacias do Dops na tentativa de estabelecer contato com alguém que se apiedasse de nós. Ela se matou em janeiro daquele ano, logo na madrugada do primeiro dia de 1980. Com isso, eliminou de vez a possibilidade de viver mais um ano sem a presença vital de meu pai, sem a violência de conviver com os problemas dele, e o luto atroz que tomou conta de mim acabou por me conceder a coragem, que antes disso eu não reunia em quantidade suficiente, pra partir em direção ao norte. Em Manaus me aguardavam dois amigos, um antropólogo norte-americano casado com uma fotógrafa britânica, George e Sylvia Maria Fuller. Lutavam pela sobrevivência dos yanomami, e me revelaram os primeiros sinais de um povo desconhecido que habitava a selva a oito dias de barco da região recém-visitada por eles, a partir do depoimento de alguns seringueiros de lá que haviam sobrevivido ao ataque dos indígenas. Ao me relatar isso, George foi severo em sua advertência: não vá até eles pois você não vai sobreviver e, mesmo que isso aconteça, disse, matará alguns, provavelmente todos. Diante de minha obstinação em prosseguir viagem, ele e Sylvia só puderam, com base nas condições e nos conhecimentos que reuníamos então, me pôr em quarentena a fim de investigar quais eram os riscos endêmicos que meu organismo carregava, os projéteis adormecidos em meu corpo que poderiam dizimar toda a população daquele povo desconhecido. Mas, como já sabia, eu estava limpo. O único vírus inoculado em mim naquela época era a tristeza desgraçada que carregava após a perda de meus pais. Essa tristeza me estimulava a destruir de vez o lastro que desejava me afundar, eu queria seguir livre por minha própria estrada, que afinal se revelou ser um rio. Parti no dia seguinte à alta dada pelos meus amigos, que seguiram em sua luta junto aos yanomami, então uma causa que começava a ganhar repercussão internacional. A jornada, como disse, não foi simples. A não ser pelo guia indígena que usaria a partir de minha chegada à cidade de Lábrea, a oitocentos e cinquenta quilômetros de Manaus, eu estava sozinho, e nem mesmo os mapas militares daquela região — defasados e ineptos, quase sempre pouco confiáveis por sua imprecisão — poderiam guiar meu caminho. Com o passar daquelas noites de introspecção saturnina, iluminada por dias pegajosos de calor e chuva intermitente, deparei de novo com as coisas simples: o dia, a tarde, a noite, e os objetos necessários à existência humana naquele canto perdido, facas, cordas, um rolo de fumo ou rapé pra aliviar a pressão, coisas cotidianas, um caderno de notas, dois ou três livros. Por aqueles dias eu esquecia o mistério representado pelos meus pais, naquele momento algo que restaria pra sempre sem solução, e me reaproximava do meu corpo como na infância e na adolescência, e desses objetos mínimos e imprescindíveis pra se viver no mato, e olhava a ponta do dedão do pé sem reconhecê-lo, e por extensão afundava dentro de mim mesmo como nunca antes havia afundado. Em Lábrea, um enclave na lama que se resumia a apenas uma rua tumultuosa, com caminhões, caminhonetes e jipes encobertos de barro, conheci pessoas ligadas ao Conselho Indigenista Missionário que me introduziram às práticas de não convívio com os povos isolados, disse Boaventura enquanto riscava três fósforos até acender seu cigarro, assunto que desenvolveria bem mais tarde com o apoio de George e Sylvia. Eu sabia que na época essas práticas não passavam de esboços teóricos imbuídos de esperança muito inconsistente, pois o expansionismo militar e extrativista pela Amazônia invadia territórios indígenas, e a política preservacionista que permitiria remarcações de reservas ainda estava longe de se tornar realidade. Foram dias de espera e adaptação àquele fim de mundo, e eu me deixava ficar nas docas acompanhando a partida e a chegada de barcos que subiam e desciam o rio em viagens que duravam dias. Eu aguardava o guia que meus novos amigos do Cimi tinham indicado, um mestiço tukano que me conduziria rio acima na mesma direção pra onde a nação kugi foi impelida no século XIX. Um garimpeiro relatou ter visto dois índios desconhecidos usando cortes moicanos na região, a oito dias de barco dali ou mais. Eram fortes, carregavam zarabatanas e eu os vi em cima de uma rocha na margem do rio, mas ao ver meu barco logo desapareceram, ele disse no balcão do bar onde o conheci. A descrição coincidia com a fornecida por George, que também mencionou os cortes moicanos. A espera passou a levar mais tempo do que o planejado. Algo podia ter ocorrido com a expedição guiada pelo tukano, embora nenhuma informação chegasse através do rádio à agência fluvial da Capitania dos Portos da Amazônia Ocidental. Dinheiro não era problema então, pois antes de partir eu tinha vendido a casa da família. Passei a frequentar o bar dos garimpeiros e seringueiros, um mafuá chamado Curva de Rio Sujo, cuja estrutura era montada sobre toras de madeira flutuantes sobre o Purus. Da mesa era possível acompanhar a chuva incessante que despencava na rua ao longo do rio, enlameando tudo e fazendo atolar qualquer veículo que dispusesse de rodas, e também a franja escura da outra margem do Purus. Enquanto a água marrom corria lentamente pela margem, eu entornava cachaça e comia peixe frito. Com o balançar constante era difícil reconhecer o momento em que a embriaguez chegava. A neblina acima da correnteza não se dissipava nunca, impedindo a visão da luz do sol a não ser por uma espécie de filtro, efeito causado pelo clima enevoado. Era sempre noite em Lábrea e meu espírito acompanhou essa disposição soturna. Agora penso que talvez exista um terceiro motivo pro registro deste vídeo: o luto que ambos enfrentamos. Não me parece ser coincidência que eu tivesse acabado de perder meus pais às vésperas de contatar os kaajapukugi, o que também ocorre a você agora, na iminência da chegada deles a Oaxaca. A morte, o mistério da morte, mas também o mistério de uma herança interrompida e sem sentido. Eu não me cansava de olhar pro rio, admirando sua movimentação caudalosa. E estranhava o dedão do pé, que não reconhecia como meu, pois parecia um implante do corpo de meu pai no meu corpo. De vez em quando me distraía, estudando os tipos do lugar, todos homens cegados pela fortuna. Neles, os sonhos de enriquecimento tinham adoecido e se tornado pesadelos. Brigas de faca eram comuns. Na verdade, aqueles brutos pareciam se entender apenas em poucos momentos, disse Boaventura, logo abreviados pelas diferenças no carteado ou pelo álcool. Só havia algo que odiavam mais que a si próprios: bugres.

Até aquele instante o relato de Boaventura era interrompido apenas pelas pausas para baforadas, ou quando acendia um novo cigarro. A partir de um ponto indeterminado, seu tom de voz se sobressaltou e qualquer ruído — o escapamento estourado de um automóvel lá embaixo, ou a gritaria crescente das crianças — parecia inquietá-lo ainda mais. Então pediu licença para ir buscar um copo d'água e mais cigarros. Ao regressar, permaneceu estático diante da câmera enquanto retirava o invólucro plástico do maço, como se apurasse a audição para captar sons que a mim pareciam inaudíveis.

O que pode parecer incongruente, pois eram todos mestiços ou índios aculturados, disse Boaventura ao voltar a ocupar a cadeira diante do computador. O ódio pelos índios perdeu sua marca exclusiva da brancura em 1616, quando os portugueses fundaram Belém e decidiram tomar conta da Amazônia. Poucos anos depois uma expedição composta por soldados portugueses e mil índios subiu até Quito, destruindo o que via pela frente. Esses índios matavam outros índios sem nenhum problema, faziam isso pra sobreviver, e certamente já se matavam entre si milênios antes de Cabral pousar suas tamancas por aqui. O assassinato não é intransigência dos europeus, nunca foi, somente a crueldade. Após dizer isso, Boaventura aquietou e, num lapso da transmissão, sua cara rasgada permaneceu congelada na tela por alguns segundos, ilustrando a frase que ficou no ar com toda a veemência concedida pela flecha kaajapukugi. Assassinato, crueldade. Com quase vinte dias de atraso, o sol enfim bateu de chapa no teto do barco do guia tukano na linha do horizonte em frente ao cais do porto de Lábrea. Quando pisou nas tábuas do píer, ele me encontrou pronto pra partir, disse Boaventura. Um dia depois, a consternação no olhar de meus amigos do Cimi ao se despedirem de mim lembrava a reservada aos suicidas. Achavam que eu não voltaria. Partimos quando as águas baixavam, e as brumas leitosas assentadas sobre o barco contrastavam com as trevas na distância. Eu mal podia distinguir os contornos do tukano agachado na proa, e no início era como se continuasse à mesa do bar flutuante, que teve o lado benéfico de servir de antídoto pro marejamento a ser enfrentado na viagem. Vomitei apenas o suficiente pra desintoxicar meu organismo do álcool, e afundei na monotonia da paisagem amplificada pelo barulho repetitivo do motor. A vastidão aquática era extraordinária, e em muitos trechos do rio as margens se distanciavam de tal maneira que se tornavam invisíveis. Nos dois primeiros dias pudemos pernoitar em entrepostos instalados pelas madeireiras que exploravam a região, e depois disso, por causa da segurança, dormimos a bordo sob a lona estendida pra nos proteger da chuva intermitente que caía. Com isso, a opção de ancorarmos em terra firme foi sendo eliminada, e aos poucos minha consciência ganhou refluir idêntico ao das águas. Graças à difusa luminosidade do sol oculto sob os rios flutuantes das nuvens que acompanhavam o leito do Purus, dias e noites passaram a se confundir, e eu já não reconhecia seus limites. O pinicar insistente das gotas de chuva na pele causava dor, e eu sentia que estava prestes a me metamorfosear em uma nova espécie anfíbia, a começar pelas frieiras que infestavam meus pés como liquens brotando entre os dedos. Essa praga entra dentro da gente, resmungava o tukano sem que eu compreendesse exatamente o que ele queria dizer, afundado no canto da proa onde estava. Sob a lona mofada, eu ouvia o popopó do motor e calculava a imensidão na qual meu guia índio e eu estávamos metidos, dois insetos numa casca de noz à deriva pelas águas escuras do rio refletindo as estrelas. A manhã leitosa do oitavo dia de navegação jorrou seu calor branco através da lona, me obrigando a abrir os olhos. Como o aguaceiro prometia nos dar uma trégua, recolhemos a lona e admiramos o céu aberto. Ao expor a cabeça à luz solar, eu já quase sentia falta da poeira da cidade grande, que entrava pelas janelas e caía sobre móveis e livros, cobrindo tudo, a herança paterna, as pegadas familiares. As pontas de meus dedos estavam enrugadas como se eu tivesse virado a noite debaixo d'água. O tukano, que ao longo da semana se manifestou somente sobre coisas pontuais, disse que aquela era a região onde os índios desconhecidos tinham sido avistados pelo garimpeiro. De sobreaviso, ele deixou ao alcance sua velha espingarda, e sua testa larga e simétrica, que lhe dava um ar de inequívoca inteligência, franziu de preocupação. Desligou o motor a quatrocentos metros da margem, e orientamos o barco com auxílio dos remos através da correnteza no sentido dos igarapés que afluíam, emaranhando-se em direção ao coração da selva. Próximos da margem, embicamos a proa no igarapé mais largo e vimos colunas de fumaça subindo das águas, as copas das árvores se fecharam sobre nossas cabeças e senti que penetrávamos o umbigo do planeta. Por instantes o entusiasmo me fez esquecer o instinto de sobrevivência e fiquei de pé no centro do barco. Então senti a vibração, um golpe semelhante ao deslocamento de ar causado por um ventilador poderoso, algo que atingiu minha cara com tal força que metade de meu corpo caiu dentro d'água. Com um braço esticado, o tukano agarrou minha mão e me devolveu a bordo. Com outro, acionou o motor e deu meia-volta bruscamente no rumo do barco. A toda a velocidade, regressamos ao leito principal do Purus e nos afastamos da margem, retomando o caminho de onde viéramos. Apenas nesse momento senti dor e percebi que a flechada atravessou minha cara de um lado a outro. Quando despertei do desmaio, já era noite, e sob a luz do lampião o tukano serrava a haste da flecha com sua faca de mato. Apaguei outra vez. Ao abrir os olhos o dia estava claro, e havia um teto sem nuvem nem estrelas sobre mim, sustentado por vigas de peroba. Estávamos na enfermaria da madeireira no entreposto mais próximo, a seis dias de onde avistáramos os selvagens. O tukano me observava com cara de nojo, encolhido no canto do quarto. Alguém, talvez um lenhador com noções de primeiros socorros, de quem só vi um olho e metade do nariz, sussurrou em meu ouvido que tive muita sorte: não quebrou nenhum osso, a ponta da flecha rasgou o céu da boca e a língua, ele disse. Não estava envenenada, os bugres só usam curare pra caçar. Você não presta nem pra ser comido, paulista, disse o lenhador. Ainda assim, estava com febre alta e a língua ferida não me permitia falar. Depois disso lembro apenas de acordar com os olhos embaçados, dormir de novo, e da luz que invadia a janela e do guia em pé ou de cócoras, sempre no mesmo lugar, como um cão de guarda. As bochechas deixaram de latejar, e com os dedos eu pude sentir as pontas agudas das linhas de costura nos cortes em ambos os lados. As feridas ainda estavam meladas de secreções. Quando melhorei graças aos antibióticos, a confusão mental se foi. Usei as horas de recuperação pra refletir sobre os motivos que me conduziram àquela situação, e o que pretendia ao me expor a tamanho perigo. Em princípio era sede de conhecimento, somada à ânsia de ser o primeiro a registrar informações que atravessaram séculos sem sair do pequeno círculo de uma comunidade isolada de selvagens. Aos poucos, percebi que desejava apagar meu sobrenome e me tornar outra pessoa. No fundo, desejava ser um selvagem como aquele que disparou seu arco contra mim, com suficiente livre-arbítrio pra decidir se um homem devia viver ou morrer, sem obedecer a ordens de ninguém. Eu pretendia observar os pequenos atos que fazem o cotidiano. Ter a sorte de testemunhar um nascimento, quem sabe, e a triste oportunidade de assistir aos ritos funerários de um povo à beira da extinção. Observar a sagacidade do caçador, a dedicação da mulher, compreender as relações conjugais, o sexo e a presença do animismo. E decifrar sua língua, depois sua mitologia. Minha ética seria semelhante à do viajante do Túnel do Tempo: eu viajaria ao passado da humanidade, porém não iria interferir nas tomadas de decisões ou nos eventos, evitando assim alterar o futuro. Por dias, mal conseguia me levantar sem sofrer vertigens, as feridas levaram mais de um mês pra cicatrizar. Retomei meus planos de aproximação dos índios a partir de algo que o tukano revelou ter visto na mata em incursões anteriores: roças abandonadas de mandioca e batata-doce, com indícios de que eles usavam ferramentas de ferro na plantação. Permaneciam isolados, mas já haviam tido contato com o homem branco, o que aumentava minhas chances. Então eu não sabia que o encontro se dera no final do século XIX, embora intuísse que essa era a causa de se manterem bem longe dos brancos. Com isso em mente, rumei pra única loja de ferragens da região, de propriedade da madeireira, e comprei o máximo de ferramentas que o barco poderia carregar sem comprometer nossa segurança. Partimos rio acima no dia seguinte. A subida de retorno pareceu ainda mais arrastada, talvez devido à minha expectativa redobrada. O tukano me escrutinava com assombro nas noites debaixo do roxo celeste: creio que nunca tinha visto antes um homem caminhar tão convicto em direção à própria morte. Talvez planejasse um modo de escapar com vida, sabendo que todos caminhamos nesse sentido mas não convém apressar o passo, enquanto contava as cédulas que eu lhe dava de tempos em tempos pra que não me abandonasse no meio do caminho. Talvez planejasse me matar e roubar o resto do dinheiro. Diante da lamparina eu podia ver meu rosto no espelho com alguma satisfação, pois já não me reconhecia mais. Quem sabe em breve poderia esquecer de vez meu nome, e nunca mais lembrar do sobrenome de minha família. Toda vez que olhava pros meus pés descalços, porém, via o dedão de meu pai em vez do meu. Na véspera de chegarmos ao ponto em que eu tinha sido flechado, o tukano abriu a boca pra perguntar qual era o meu interesse em trocar o mundo dos brancos por aquele vasto nada. Apontando para o céu nublado e a franja cinzenta da vegetação de onde emanavam vapores, ele disse isto: aquele vasto nada, aquela mata triste e sem deus. Ao dizer essas palavras, o guia tukano mostrou o crucifixo de madeira pendurado em seu colar. Na ocasião não respondi, e ainda hoje sigo em silêncio, matutando. No segundo dia de nosso regresso ao cume do rio, a chuva engrossou: nuvens negras encobriram o leito, o que tornou mais fácil atracar em um banco de areia perto da margem. Com apreensão, desembarcamos ferramentas e as distribuímos num raio não inferior a quinhentos passos. Ficaram à vista, a enxada apoiada num tronco, o rastelo e dois facões entrelaçados aos cipós. Embarcamos de novo e repetimos a operação em mais dois locais equidistantes. Nos deslocamentos, reconheci em meio à fumaça a grota vegetal que dava acesso ao igarapé onde o selvagem me flechou. Minha esperança era que interpretassem as oferendas como gesto de paz, as feridas em minha cara ainda estavam longe de cicatrizar. O guia embicou o barco na correnteza e voltamos ao leito do rio, onde passamos a noite ancorados num rochedo. Na manhã seguinte, verificamos que as ferramentas tinham desaparecido. Em seu lugar deixamos novas ferramentas, uma picareta, um serrote, uma pá e um martelo. A operação se repetiu, eu começava a me satisfazer com os resultados. Na terceira noite, após a chuva amainar, recolhermos a lona e adormecermos completamente exaustos, acordei com batidas secas a bordo. Na popa, com seus dentes brancos à mostra, um selvagem de cara preta e olhos vermelhos martelava o crânio do guia tukano, cujos miolos sanguinolentos se esparramavam pelo fundo do barco, reluzentes sob a luz da lua.

Boaventura olhou fixamente para a câmera do computador e balançou a cabeça devagar, em sinal de negativa. Notei que os ruídos na gravação cessaram, e a não ser pelo ranger da cadeira onde ele estava sentado e mexia as pernas com nervosismo, o quarto mergulhou em quietude. Ouvi o vibrar de uma mensagem chegando em meu celular: o avatar de brasão do Cruz Azul que simbolizava meu chefe alertava que a polícia tinha contatado o escritório à minha procura. Só então percebi duas ligações de um número desconhecido, não atendidas porque deixei o aparelho no modo silencioso. Depois de pigarrear, Boaventura disse que não sabia como chegou até terra firme, apenas abriu os olhos e viu que estava no interior de uma maloca cujo teto parecia muito alto, e onde era possível ver as estrelas. Seus tornozelos pareciam azulados, atados pela trança de palha muito forte ao pilar central da maloca. Ele passou o dorso das mãos amarradas nos olhos e percebeu que sua cara estava coberta de sangue.

Com o passar das horas, notei que as fagulhas brancas que se mexiam como vaga-lumes na escuridão eram os olhos da indiarada, disse Boaventura. Recostados nas paredes de palhoça da maloca, me observavam com previsível curiosidade, já que em nenhum momento aqueles olhos que balançavam no breu se fecharam. Quando a manhã chegou, pude contabilizar as feridas: um galo na testa, outro inchaço na têmpora direita e o supercílio aberto, o que ensanguentou meu peito inteiro. Mal despertei, um índio entrou na maloca. Balbuciei algo, mas ele veio em minha direção e deu com a prancha do facão em minha cara duas vezes, até reabrir os cortes da flechada. No dia seguinte despertei com o rosto mais estranho que já vi, um rosto cuja beleza me deu esperança de não morrer. Lembrava o sol, e seus olhos pareciam talhados a punhal na pele cor de madeira. Acordar pela manhã e ver o sol era algo que eu não esperava acontecer de novo. Aqueles olhos me permitiram viver, o sol nasceria e morreria muitas vezes, e eu continuaria a testemunhar suas subidas e descidas no horizonte, desde que aquele rosto olhasse por mim. Ela limpou minhas feridas com água, embebeu uma bucha de sabugo em uma gosma esverdeada que depois eu descobriria ser feita de tinsáanhán. Depois me libertou das amarras. Com seu auxílio, cambaleei pelo umbral da maloca afora, até dar na clareira onde os homens me aguardavam. Não eram muitos. Estavam dispostos em arco, e aquele foi o único instante em que olharam em conjunto pra mim. Nos meses que viveria ali, eu atingiria o que tanto havia almejado: seria invisível, e minha humanidade, ou o que ainda restava dela, seria apagada sem deixar sombra.

Pensei que a índia descrita por Boaventura lembrava a que vi em meu sonho acordado no jipe em Huautla após a chegada dos kaajapukugi. Senti a vibração do celular sobre a mesa, uma nova ligação do mesmo número que não ouvi nas duas ocasiões anteriores. Atendi, era o comissário de polícia de Oaxaca.

Não explicou grande coisa, apenas que necessitava colher novas informações sobre os kaajapukugi. Eu deveria comparecer ao Distrito Policial com urgência, ainda naquela tarde. Algo inexplicável acontecia, e eu estava encarregado das explicações, apesar de não ter ideia do que deveria ser explicado. Assistir à gravação de Boaventura até o final talvez me ajudasse, mas comecei a duvidar disso quando ele retirou uma bagana de maconha do bolso da camisa e a acendeu com o fósforo, com meneios da cabeça e repuxões das cicatrizes que indicavam regozijo. A partir de então, talvez ele, o único apto a fornecer explicações, ainda que a partir da posteridade, necessitasse de legendas para ser compreendido. Os selvagens se movimentavam ao mesmo tempo, os olhos deles corriam sobre mim com uma atenção que parecia ensaiada, disse Boaventura, eram organismos à parte porém se comportavam em conjunto. Se eu devia lhes provocar horror, a mim eles causavam enlevo. Pude notar que tinham os corpos cobertos de inscrições cuja aparência lembrava a escrita cuneiforme, mas eram símbolos indiscerníveis à distância em que eu me encontrava. Fiquei de pé diante deles por um tempo incalculável, sob o escrutínio de seu múltiplo olhar de mosca. Pareciam me julgar, mas era um julgamento cuja sentença não poderia ser promulgada a não ser por meio do silêncio. A moça que limpou minhas feridas apareceu novamente, com uma cumbuca nas mãos. Dentro havia peixe cru e um mingau de batata-doce que me pareceu delicioso. Com a fome aliviada, observei que se distinguiam dos yanomami ou aruák na aparência, eram mais altos e usavam o cabelo na mesma disposição dos índios moicanos, uns iguais aos outros, a despeito da idade de cada homem, sem sinais de graus hierárquicos entre eles. Não havia outra mulher à vista, a não ser a moça que vinha cuidando de mim, nem crianças. Considerei que deveriam estar em outro local, talvez em outra maloca. Então eu não sabia que aquela moça era a única mulher da tribo. Também ainda não sabia que eles habitavam sempre o mesmo espaço, apenas uma maloca, fosse qual fosse o número de indivíduos. E desconhecia o número preciso de indivíduos do agrupamento. Nessa ou em qualquer ocasião posterior, não houve tentativas de se comunicarem sob nenhum pretexto, a não ser pelos cuidados furtivos da mulher. Cansados de me observar, os homens se ergueram e fui abandonado ao vazio de minha presença. Nas semanas seguintes, que talvez tenham sido meses, vivi como um cão a reboque do cotidiano quase intangível dos selvagens, acentuado por seu sumiço antes de clarear e pelo regresso no começo da noite, quando por sua vez desapareciam dentro da maloca. Não me impediram de caçar meu próprio sustento, nem de montar fogueira no descampado onde me abriguei sob a ruína de uma tapera abandonada por garimpeiros. Eu confundia sua piedade com desprezo, só podia creditá-la à gratidão por terem recebido as ferramentas. Meu temor aumentava à medida que calculava como minha resistência seria pequena naquelas condições. A índia podia ser vista sozinha na lonjura da clareira, de onde eu a observava de meu lugar na mata. Com o tempo compreendi que não era notado, e reuni a coragem necessária para me aproximar da tapera. Nos arredores encontrei ferramentas que não se pareciam com nada daquilo que eu conhecia dos índios da região. Trançadas com tramas complexas, eram complementadas por peças de ferro fundido e não de pedra, como habitual. Havia lâminas feitas de bambu de corte agudíssimo guardadas em potes de cerâmica decorados com inscrições parecidas com as que vi na pele dos índios. E objetos de vidro muito desgastados, sem qualquer registro do fabricante, o que sugeria não terem sido feitos por brancos. Talvez os registros fossem tão antigos que se apagaram com o desgaste. Tinham formatos misteriosos, não pude adivinhar seu uso. De noite, ao voltarem, os homens não traziam animais consigo, apenas grandes cestas repletas de peixes monstruosos.

Vindo da maloca iluminada pelo brilho ocre das tochas, nunca ocorreu de chegar até a mim nenhum odor de carne assada. Passei a observá-los como se fosse eu o selvagem, a partir da mata onde me escondia. Embrenhado no escuro, eu via tudo aquilo que se movia sob a luz. Em seu abrigo comum, eles encenavam miseravelmente o espetáculo da civilização, enquanto eu, mantido solto porém prisioneiro das distâncias de uma paisagem intransponível, roía raízes apodrecidas. Me flagrei pensando naquilo que Einstein afirmou, de que o fato de nos percebermos como indivíduos não passa de mera ilusão de óptica. Minha cabeça esvaziou, disse Boaventura com olhos postos na bagana apagada entre seus dedos, fiquei com a sensação de ser ninguém. Foi assim que numa manhã decidi seguir os homens em sua incursão pela selva. Pelo risco, se tratava de uma decisão idiota, mas levei em conta o desprezo deles em relação à minha presença: se não se importavam que eu bisbilhotasse sua maloca, não se importariam de serem acompanhados. Então os segui com considerável dificuldade no meio das folhagens, pois se moviam em arco como a ventania, arrastando-se em conjunto por sendas tortuosas entre as árvores. Às vezes sumiam, camuflados pela vegetação cerrada. Eu retomava sua pista um pouco ao acaso, ao ver um deles ziguezagueando sob troncos gigantescos, até a súbita visão do Purus, que surgiu tão largo quanto um cânion enfumaçado. Eu não tinha conseguido localizar o rio desde a noite do meu sequestro. Detrás dos arbustos, acompanhei os homens se acocorarem ombro a ombro na margem e lançarem às águas um fino pó amarelado que reconheci ser o timbó. Em poucos instantes, peixes coalharam a superfície, inconscientes ou mortos, e eles entraram e os colheram com as mãos como se arrancassem mato daninho da roça. Os peixes foram guardados nas cestas que alguns deles carregavam. Depois todos pularam no rio, sem algazarra ou falatório. A comparação talvez seja despropositada, mas lembrava um espetáculo de nado sincronizado. Eles deram braçadas em linhas exatas, deixando traçados geométricos com seus rastros na superfície, depois mergulharam em perfeita simetria, desaparecendo nas águas lamacentas do rio. Ficaram sumidos por um tempo difícil de calcular, e cheguei a pensar que tinham embarcado em canoas que os aguardavam na torrente central do Purus. Talvez tivessem atravessado a nado, o que é bastante improvável, ou prosseguido até alguma ilha escondida na densa neblina. Ressurgiram das águas do mesmo jeito que haviam desaparecido, num nado uníssono que os trouxe de volta ao barranco avermelhado da margem. Eles recolheram as cestas e entraram na selva. Em seu encalço por mais ou menos uma légua, tropiquei nas raízes assombrosas que saíam do mangue por onde seguiram. Fui forçado a sair do seu encalço pra arrancar uma lasca de graveto que espetou a planta do meu pé. Ao me sequestrarem, os selvagens tinham descalçado minhas botinas, talvez supondo que eu não conseguiria fugir sem elas. Foi assim que encontrei meu barco. Estava com seu motor de popa intacto, disfarçado sob folhas de palmeira que o protegiam da umidade. Depois de calcular a localização do barco em relação ao rio e à maloca, retornei — não sem dificuldade, em decorrência da ferida em meu pé — aos arredores da clareira, onde verifiquei que os índios já haviam se recolhido à sua insondável convivência fora de minhas vistas. Embora tivesse alimentado minha esperança de escapar dali, o motivo de não terem afundado o barco também me pareceu incompreensível. Na verdade, não sabia se desejava escapar, a dissolução da pessoa que antes eu era se encontrava em plena marcha. Havia muito a descobrir, e a moça indígena, cujo caminhar na clareira às vezes se interrompia pra ela lançar olhares demorados à borda da selva onde eu me escondia, podia me ensinar algo relacionado aos meus interesses científicos. Naquela noite, porém, estava exausto e me resignei a ser o prato favorito das mutucas. O sumiço momentâneo dos homens nas águas do rio cobertas pelo fumaceiro da manhã me intrigava, pois o tempo que permaneceram ausentes foi largo o bastante para eu supor que o mergulho não se tratava de mera ginástica matinal. Tinham ido a algum lugar, mas aonde e com qual finalidade eu não sabia. Na manhã seguinte voltei a segui-los, dessa vez com maior destreza, ainda que meu pé ferido latejasse ao pisar o areal enlameado de onde a selva floresceia. Ao atingirem o Purus, ao contrário do dia anterior, os índios não pulverizaram timbó nas águas, apenas repetiram seu mergulho geométrico até sumirem, engolidos pela distância. Não hesitei em acompanhá-los, e mesmo às cegas, quase me afogando nas águas barrentas das quais irrompiam algas e vitórias-régias que se enredavam em minhas pernas me puxando ao fundo, insisti em bracejar no rastro branco de espuma deixado pelo nado deles. No trajeto, vi corcovas acima do prumo d'água que lembravam monstros marinhos das fábulas, e temi ser devorado por uma sucuri gigantesca ou por animais desconhecidos. Seria o meu destino e me sentia preparado pra enfrentá-lo. Após esforço considerável, quando pensei que minha convicção me abandonava, a neblina se dissipou e enfim localizei o que de início parecia ser a margem do outro lado. Ao abraçar terra firme e identificar pegadas na areia, descobri que havia chegado a uma ilha. Segui a direção tomada por eles, enveredando pelo arvoredo até encontrá-los: estavam todos sentados numa área descampada, dispostos circularmente na ordem das horas do relógio. Foi o que vi, deitado sob um arbusto. Àquela altura já sabia que não eram muitos índios, talvez pouco mais de cem. Nas posições dos ponteiros, dois deles sopravam através de objetos esculpidos em forma de lagarto nas narinas dos que aguardavam sentados. Assim que aspiravam, tombavam de costas, permanecendo de olhos abertos na direção do céu. Depois de isso acontecer, continuavam rígidos na mesma posição, enquanto um deles — o único que não aspirou o pó que era projetado pelo lagarto, objeto não muito distinto do usado pelo falecido guia tukano pra cheirar rapé, a *pakë*, como ele o chamava — apartou-se e, no centro do círculo, sacando sua afiada faca de bambu, cortou a própria veia femoral na altura da virilha. Logo um outro círculo se formou, vermelho, crescendo rapidamente na areia que o absorvia, ao redor do corpo do suicida, até preencher com sangue o círculo maior formado pelos homens transidos. Foi o primeiro ritual do tinsáanhán que testemunhei, disse Boaventura, e sua violência permanece indelével em minha lembrança. Superado o atordoamento, notei uma construção parecida com um altar baixo ou uma tumba ao lado do cadáver. Vista da sombra distante onde eu me escondia, parecia feita de pedras. Entretanto sua forma arquitetônica não lembrava a grande maloca construída com hábeis trançados, e sim os objetos de vidro que encontrei sem poder adivinhar seu uso. Por horas, os selvagens permaneceram de cara voltada para o céu. Deitados em círculo na areia, perfaziam um grande relógio feito de sangue com seus ponteiros sem vida. Enquanto dormiam, aproximou-se uma nuvem de insetos tão densa que anoiteceu o dia e, após infestar o ar acima do círculo, pousou sobre a areia irrigada pelo sangue do suicida, cujo corpo ainda quente foi inteiramente coberto pelos animais em poucos segundos. Eram besouros do tamanho de um punho. Eu já vira insetos amazônicos tão monstruosos como aqueles, como o besouro-rinoceronte, mas nunca em tal número. Após segundos de trabalho fervilhante, a coloração da areia se regularizou, a vermelhidão sumiu e abandonaram a carcaça do homem. Estava irreconhecível devido ao inchaço, com a pele repleta de picadas. Como a areia, tinha perdido sua cor. Os besouros se alimentaram do sangue e partiram em direção ao matagal de onde vieram. À medida que os homens despertavam de seu transe, permaneci oculto entre as folhagens, à espera do movimento seguinte. Ao contrário do aguardado, não mergulharam no rio pra regressar à outra margem. Seguiram a mesma direção tomada pelo enxame. Observei-os colher os besouros pousados nos troncos de grandes árvores como se colhessem imensos pomos negros. Os insetos foram levados ao descampado, onde os homens acenderam uma fogueira, e assados sobre pedras em brasas. Foi o primeiro cheiro de assado que senti em muitos dias, a fumaça cheirava a carne de porco. Devoradas as entranhas dos besouros, o que fizeram com voracidade, os homens passaram a macerar as asas e o exoesqueleto dos insetos em cumbucas. Nesse momento ouvi sua voz uníssona, o canto subliminar deles, pois cantavam ao moer as partes assadas dos insetos. Seguiu-se novo transe, dessa vez sem que se deitassem na posição do relógio, pelo contrário, eles passaram a rastejar caoticamente na areia enquanto uivavam gemidos horríveis de quem parecia à beira da morte. Laceravam a pele nas pedras e esfregavam a cara nos espinhos da vegetação. Era a loucura causada pelas entranhas que eles tinham devorado. Perdi a noção do tempo que levou a psicose coletiva, até que recolhessem o pó decorrente da maceração no interior das *pakë*. Assim descobri a fonte do tinsáanhán, um besouro hematófago que habitava aquela ilha, escondido nas cascas das folhagens e nos troncos onde brotava como uma praga. Aguardei os homens se dirigirem de volta ao rio e, quando mergulharam, me aproximei da construção em forma de tumba para observá-la melhor. Era feita de pedras rejuntadas de maneira bastante hábil por um tipo de argila ou barro, mas de perto se via coberta de rachaduras muito finas, o que demonstrava sua antiguidade. Nessa espécie de argamassa que a revestia, havia uma inscrição em baixo-relevo, disse Boaventura, e graças a seu tamanho diminuto e ao sobressalto em que me encontrava quase não a percebi. Após dizer isso, Boaventura vasculhou a mesa à sua frente, e ao localizar a esferográfica se debruçou sobre uma folha de papel diante do monitor, pondo-se a escrever ou a desenhar, meio atrapalhado, deixando à mostra o cabelo já ralo do cocoruto. Ele estendeu um rabisco trêmulo diante da câmera do computador que mal consegui ver, primeiro porque apareceu meio desfocado. Depois se fez mais ou menos visível o desenho composto por uma linha ininterrupta e um círculo, apesar de permanecer incompreensível para mim. Eu devia estar com sede, pois me lembrou um abridor de garrafas, ou a alça da tampa de uma lata de cerveja.

Na construção não havia outro relevo além desse pictograma, disse Boaventura retirando a folha de papel do foco da câmera. Fiquei obcecado por experimentar tinsáanhán nos dias que se seguiram à primeira incursão até a ilha da neblina. A existência dos índios orbitava o rito de colheita do besouro naquele descampado ao redor da tumba. Indispostos à fala ou à conversação a maior parte do tempo, eles viviam melancolicamente seus dias vazios sem mulheres ou crianças, à espera da visita à ilha, cuja frequência era determinada pelo ciclo de reprodução dos besouros. Assim, a busca por comida, o trabalho na roça, os dias e as noites nos quais eles observavam as estrelas com atenção sobrenatural, concentrados no silêncio dos espaços infinitos, como se ao fazer isso demonstrassem que o privilégio dos mortos é não morrer mais, não passavam da véspera do instante dolorosamente adiado no qual por meio do tinsáanhán superariam os limites do plano tedioso representado pela vida. Entretanto, alguns daqueles homens jovens e robustos eram tomados de melancolia superior à dos outros, que os prostrava a ponto de deixá-los à beira da inanição. Alguns chegavam ao extremo do suicídio, como o que testemunhei na ilha. Nunca soube com certeza se o sacrifício era inestimável ao rito, uma exigência ou coincidência, talvez o ato desavisado de alguém que se decidisse pelo suicídio ali, enquanto seus companheiros adormeciam. Me chamou a atenção um dia, quando os homens interromperam seu trabalho e acorreram às pressas até a maloca. De lá saiu uma lamúria muito baixa e então vi, entre as frestas da palhoça, que um homem tinha se matado com um corte na virilha. Eu acompanhava a espera deles com aflição, e passei a visitar a ilha da neblina quando não estavam lá. Por algum motivo, talvez fizesse parte do rito sagrado, não lhes cabia verificar como se dava a reprodução dos besouros. Logo descobri que as fêmeas amadureciam mais rapidamente, atingindo o tamanho quase ideal para a maceração cerca de duas semanas antes dos machos. Convicto disso, decidi levar adiante uma experiência. Na ocasião propícia, matei uma tartaruga no areal que contornava a ilha. Com feridas causadas pelo arpão de madeira que improvisei pra caçá-la, irriguei a areia ao redor da tumba com o seu sangue. Não demorou pra um considerável enxame de fêmeas surgir, e capturei duas ou três ali mesmo, enquanto sugavam o abdômen tenro da tartaruga, cujo casco eu rachei com a finalidade de atraí-las. Não estavam maduras mas já eram gigantescas, e soltaram um zumbido longo e vibrante que em minha tara interpretei como sendo de felicidade. Depois disso removi sem maiores dificuldades os vestígios da carnificina, pois os insetos se encarregaram de sugar a maior parte do sangue que eu havia esparramado. Numa praia isolada, distante do lugar do rito sagrado dos selvagens, assei os besouros fêmeas e devorei suas vísceras com volúpia. Lembravam o gosto do fígado de porco, porém eram mais amargas e de textura pastosa. Com o fino galho oco de um pé de mamona, aspirei o pó resultante da maceração das asas e do exoesqueleto. E logo ouvi a voz de meu pai colada em meu ouvido direito, sussurrando suas ameaças costumeiras por eu ter feito algo de errado, ele falava baixinho pra que minha mãe não o ouvisse, disse Boaventura, o que me atemorizava ainda mais. Imaginei do que ele seria capaz se um dia ela desaparecesse, era um homem violento. Ao virar a cara na direção da voz, senti seu hálito inconfundível, o mau cheiro insuportável daqueles que sofrem de males estomacais, e então ouvi outra voz à esquerda, a voz aguda de minha mãe, e olhei mas não vi seus olhos claros pois estavam cobertos por uma venda que lhe tapava o rosto por completo. O mesmo ocorria com meu pai, e então notei que meu avô e minha avó estavam a seu lado, murmurando algo terrível nos ouvidos dele, agachados ao lado de meu pai com suas caras vendadas, e o mesmo acontecia com minha mãe: os pais dela falavam coisas nos ouvidos dela, com suas caras mortas tapadas pelas vendas, e assim sucessivamente, ou recessivamente, melhor dizendo, meus bisavós diziam coisas nos ouvidos de meus avós, e os pais deles diziam coisas nos ouvidos de meus bisavós, e assim por diante ou para trás, numa sequência cromossômica que chegava ao inferno, à origem da degeneração. Quando voltei a mim, olhava fixamente o meu pé direito, e nele não via o dedão: no transe, havia extirpado a parte de meu pai enxertada em mim. É a única lembrança que tenho dessa ocasião na ilha da neblina. Nos dias seguintes me senti mortificado, a ressaca que bateu era tão letal que por pouco não me fez morrer de fome. Envolvi a ferida causada pela amputação do dedo em lama negra, que a secou. O latejamento no pé era tão forte que subia até a cabeça. Na terceira ou quarta noite sem me levantar, despertei na tapera com um vulto que saía e se perdia na escuridão da mata. Voltei a adormecer. De manhã eu soube, pela cumbuca de comida deixada ao lado do catre de folhas secas onde estava deitado, que a índia tinha me visitado. Meu pé estava embrulhado por plantas que deviam ser medicinais. A obsessão pelo tinsáanhán se estendeu à tumba na ilha da neblina. Sua antiguidade e o material de que era feita, sua forma indecifrável encimada pelo pictograma gravado, tudo isso me fascinava. Considerei que, talvez com o ressurgimento de minha benfeitora, eu conseguiria aprender com ela a estrutura básica de sua língua, e com isso descobriria as origens e crenças do seu povo, e qual era o papel do tinsáanhán e sua relação com a tumba secreta da ilha na mente dos selvagens. Mas a índia aparecia e sumia, assim como os homens em suas incursões à selva. Na iminência de se ausentar, talvez eles a escondessem numa zona mais distante, prevenindo-se da ameaça representada por minha presença na região. Tal suspeita não fazia nenhum sentido, pois desde minha chegada aqueles selvagens, cuja etnia eu ainda desconhecia, me ignoravam. Planejei ficar atento pra quando a índia reaparecesse, e se ambos por acaso falássemos alguma língua em comum, como a dos tukano, pretendia lhe fazer apenas uma pergunta, disse Boaventura: eu lhe perguntaria se estava vivo ou morto.

Ouvi pancadas na porta da frente do casarão. Alguém gritava meu sobrenome e não o reconheci. A campainha estoura-tímpano que meu pai havia instalado por causa de sua surdez tocava sem cessar. Consultei o celular: três chamadas não atendidas. Absorto no relato de Boaventura, percebi que havia perdido a hora de comparecer ao Distrito Policial. Pausei o vídeo e a boca de Boaventura congelou num esgar excêntrico, de máscara mortuária. Seus olhos avermelhados agora emitiam lampejos de insanidade aos quais não dei atenção quando nos conhecemos, ou que eu simplesmente não quis ver. Congelados daquela maneira, em órbita na tela, os olhos adquiriram aparência ameaçadora. O mandado de soltura do escritório representado pelo suicídio coletivo dos kaajapukugi me obrigou ao descuido de não verificar o celular. Ainda faltavam cinquenta e cinco minutos para o final da gravação, e o Boaventura que a tinha iniciado, hesitante e assustado, tinha sido substituído por outro Boaventura, cujo comprometimento ético com um povo nativo isolado não parecia mais tão digno de um antropólogo.

Desamassei e abotoei minha camisa, e abri a porta da sala balbuciando desculpas pelo atraso. Parados na varanda com ar indolente, os dois bigodudos não tinham a menor necessidade de informar sua profissão: eram policiais enviados pelo comissário para me conduzir ao Distrito Policial com a maior urgência possível. E foi o que fizeram com frieza profissional, sem demonstrar nenhuma simpatia por meu estado de luto ou respeito pelas minhas férias.

3. Não morrer mais

Em Lábrea, 1980-1981

Ao se apresentarem, os policiais não mencionaram seus nomes. Como ambos eram carecas e cultivavam bigodes, apelidei-os em segredo de Hernández e Fernández. Era uma pena que não usassem chapéu-coco como nas aventuras do Tintim.

Não havia diálogo no interior do veículo policial que cruzava o centro de Oaxaca, tampouco silêncio. Indígenas mazatecos dividiam calçadas com famílias menonitas, todos aparentemente recém-chegados do século XVI, como se fizessem parte de um onipresente complô turístico que se dedicasse a infernizar os habitantes da cidade. Além do rumor vindo da rua, o rádio ligado no jornal do meio-dia trazia notícias longínquas do Cosmódromo de Baikonur, no Cazaquistão. Em poucos dias o programa espacial chinês lançaria a nave Tiantáng I, disse o jornalista, palavra que segundo ele significava *Paraíso*, tripulada por um único casal cuja árdua missão seria abarrotar Marte de chinesinhos, deixando o planeta tão lotado quanto o zócalo àquela altura, e acentuadamente mais vermelho. A reportagem não mencionou, mas eu sabia que Tiantáng também era o nome do puteiro mais famoso de Xangai.

Hernández e Fernández não revelaram o que tornava tão imperiosa minha presença no Distrito Policial. Por instantes pensei no vídeo de Boaventura: se no Alto Purus não havia outra mulher além da jovem que ele avistou, alguns dos homens que chegaram a Huautla deveriam ser os mesmos de seu contato inicial com os kaajapukugi em 1980, aqueles que eram jovens na época e velhos ao chegar ao México. Gostaria de saber logo como ele se aproximaria dos índios a ponto de se tornar seu guardião, mesmo que à distância. Seria improvável, mas talvez os índios pensassem igual a Boaventura na parte em que pressionei a tecla de pausa, e o vissem como um fantasma que não deveria ser perturbado. Eu mal podia esperar para ouvir o que o comissário de polícia tinha a dizer sobre os cadáveres, certamente algum nó tão burocrático quanto irrelevante que só este funcionário designado pela Comissão Nacional para o Desenvolvimento dos Povos Indígenas poderia desatar, mesmo estando de folga. Depois de ouvir o comissário, voaria para casa a fim de assistir ao final do vídeo.

A tumba na ilha do Purus também não fazia sentido. Boaventura ressaltou sua forma desconhecida, semelhante aos estranhos artefatos de vidro encontrados na maloca. Apesar de não parecer uma construção kaajapukugi, ao seu redor acontecia o rito sagrado da colheita do tinsáanhán. Eu vinha me familiarizando com certos termos ontológicos dos povos indígenas, como o mana dos rapanui, a força condutora que permitia aos descendentes se ligarem a seus ancestrais mortos, aos seus tupuna. Ao me ensinar acerca da metafísica mazateca em torno do teonanácatl, El Negro a comparou ao mana. No começo do século XXI, antes de o Chile desaparecer nas águas do Pacífico, os rapanui foram o primeiro povo nativo a exigir a repatriação dos ivi tupuna, ossadas de seus ancestrais que se encontravam em museus e universidades europeias, pois sem elas se consideravam desconectados de sua própria essência. A ligação com seus pais havia sido cortada, por assim dizer, e os rapanui de então falavam sozinhos ao vazio, sem ninguém na outra ponta da linha telefônica que lhes pudesse atender. Há muito os cemitérios dos brancos não guardam nenhum caráter sagrado, a não ser no caso de haver nele um ídolo do rock enterrado, como no Père Lachaise. Túmulos são objetos arqueológicos ou apropriações do Estado, se pertencerem a alguma figura histórica de relevância, em geral de políticos ou ditadores. Nesse caso não passam de símbolos de um fulgor pátrio bastante fosco, ademais falso. Na sociedade branca, pouca coisa poderia ser comparada ao mana, talvez apenas as teorias físicas do tempo em suas concepções mais atualizadas, da teoria da relatividade e da física quântica ao acelerador de partículas. O mana era comparável a uma consciência coletiva que se deslocasse a uma velocidade superior à da luz, a trezentos mil quilômetros por segundo, e rompesse a ilusão representada pela distinção entre passado, presente e futuro. Com a repatriação das ossadas ancestrais exigidas pelos rapanui, essa consciência observaria a si própria em todas as possíveis versões de si mesma num único plano contínuo, como numa planície onde todos os indivíduos das inumeráveis gerações de um povo conversassem lado a lado, uma conversação infinita. Eu tinha experimentado algo parecido com os kaajapukugi em Huautla, assim como Boaventura na ilha da neblina. Mas ao provar o tinsáanhán alheio à presença dos índios, parecia evidente que ele abriu portas que deveriam ter permanecido fechadas.

O automóvel tomou a direção oposta à do Distrito Policial, e perguntei a Hernández e Fernández se passaríamos antes em algum outro endereço. Com movimento simultâneo e algo mecânico que os deixavam parecidos com dois sabujos presos pela coleira a uma corrente demasiado curta, ambos olharam para o banco traseiro com ar pensativo. Por um segundo temi que atropelássemos alguma criança que por desventura atravessasse a rua em busca de sua bola de futebol, entretanto o que manejava o volante — Hernández, digamos — logo voltou a olhar para a frente, enquanto Fernández respondeu que iríamos até o necrotério municipal, onde o comissário nos aguardava acompanhado de cinquenta cadáveres exumados. Preferi não prosseguir com o interrogatório e fiquei admirando um mazateco que vendia bonecos de madeira na banquinha da esquina: eram coelhos machos e fêmeas que o artesão esculpia à faca, símbolos pícaros da fertilidade mexicana, mas também caveiras e esqueletos, os mesmos que chacoalhavam no espelho retrovisor e decoravam o painel empoeirado do velho Camaro dos policiais. Como a celebração da morte estava por todos os lados em Oaxaca, chegava a surpreender que eu nunca tivesse pisado no necrotério municipal, um lugar onde as pessoas costumam entrar deitadas. Ao menos por enquanto eu ainda podia comemorar. O automóvel saiu do centro histórico, deixando para trás menonitas louras e seus vestidos do século XVI, mazatecas e suas bancas de ervas, e a paisagem de construções coloniais que era preservada apenas para turistas poderem viajar no tempo rumo ao passado de colonos e índios, uma viagem de destino único, atingindo as raias da periferia onde a cidade se encontrava com seu presente manchado pela fiação caótica dos postes elétricos, por ruelas sem asfalto e prédios arruinados por infiltrações, desviando-se dos miseráveis que vagavam pelas ruas à procura de qualquer coisa para fazer.

O comissário de polícia me aguardava no corredor do Instituto Médico-Legal e sua expressão não parecia ser de alegria. Após me cumprimentar, explicou que os mesmos ativistas pelos direitos indígenas que haviam trazido os kaajapukugi para Huautla agora o perseguiam por causa da exumação. A Survival International não somente exigia que devolvessem os corpos dos índios à Amazônia, mas também que suas vísceras fossem devolvidas aos corpos. Baseavam-se em jurisprudência, principalmente num processo misterioso movido pelos yanomami décadas atrás, disse o comissário enquanto caminhava pelo corredor em direção aos fundos do prédio, indicando que eu o seguisse sob a luz trêmula de uma lâmpada fluorescente que acendia e apagava, zumbindo como um besouro hematófago faminto. Quando pela primeira vez os missionários do Cimi contataram os índios nos anos 70, colheram amostras de sangue pra estudos. Duas décadas depois os yanomami exigiram a devolução do seu sangue, alegando que tinham sido roubados. E os filhos da puta ganharam, disse o comissário, o sangue voltou pra eles. E se eu processasse o Estado exigindo toda a merda que me foi retirada naqueles exames de fezes feitos na escola em época de combate à lombriga, já pensou. Será que devolviam, disse o comissário exibindo no sorriso o brilho de um canino de ouro que refulgiu na escuridão. A luz vacilante do corredor enfim morreu e demos mais alguns passos sem enxergar. Senti forte odor de formol, ouvi o ruído de uma porta se abrindo pesadamente e o estalar do interruptor que foi acionado: diante de nós surgiram os cinquenta cadáveres estendidos em macas metálicas sob lençóis brancos. Reparei que a etiqueta dependurada no dedão do pé que apontava próximo de mim não trazia nenhuma informação escrita, apenas a palavra kaajapukugi acompanhada do número 13. Depois vinham kaajapukugi 11, kaajapukugi 21, kaajapukugi 7 e kaajapukugi 50, números dispostos fora de qualquer ordem dependurados em dedões muito parecidos entre si, uma linhagem de dedões familiares. A visão arruinou o bom humor que eu começava a recuperar após o sucedido em Huautla, me devolvendo ao estado quase vegetativo que assumi até começar a assistir ao vídeo encaminhado por Boaventura.

Dos meus problemas atuais, a Survival International é o menor, disse o comissário caminhando pelos corredores entre as macas, e espero que você me livre do mais complicado deles. Ao falar isso, parou diante da etiqueta do kaajapukugi número 50. Com um gesto rápido, o comissário retirou o lençol que cobria o corpo da cabeça à cintura, exibindo um homem branco de olhos puxados no rosto rígido que pareceu ainda mais claro devido às luzes fortes do necrotério municipal. De imediato reconheci o homem alto e meio corcunda que serviu tinsáanhán na cerimônia em Huautla. Mas ele não tinha a mesma altura nem a cor de bronze de antes, e considerei que talvez a morte o tivesse reduzido e branqueado. Como pode ver, disse o comissário, este é diferente dos demais, além de ser mais jovem. O legista estimou que ele tinha cinquenta e quatro anos, não mais que isso. Parece ser mestiço, na verdade, portanto alguém que deveria ter entrado no país sob as exigências da lei, com identificação por meio da apresentação do passaporte, coisa que não ocorreu. Aí está o problema: a imigração considera que essa provável pantomima do asilo político dos kaajapukugi talvez tenha servido apenas pra trazer este indivíduo aqui ao país. Um possível criminoso, talvez um narco ou um terrorista. De todo modo, mesmo que essa suspeita não se confirme, o escritório ao qual o senhor está vinculado faltou com a verdade no processo e poderá sofrer consequências graves. Cabeças vão rolar, compreende, disse o comissário com seu canino de ouro projetado para a frente, e a do senhor pode ser a primeira a tocar o piso do cadafalso. Sem dar muita atenção ao comissário, afirmei que nosso escritório também não tinha sido informado da presença de um indivíduo caucasiano entre os indígenas, e perguntei se a brancura do cadáver se devia ao processo de resfriamento do corpo para sua preservação. Pronunciando ainda mais o dente, como se pretendesse abocanhar um taco al pastor, o comissário disse que não, o corpo ficou branco na lavagem, pois antes estava inteiramente coberto com uma substância que o avermelhou, disse, e que exigiu diversas lavagens pra sair por completo. Urucum, expliquei, um corante natural usado pelos índios. Sem mencionar o vídeo de Boaventura, não sei por qual motivo, apenas foi algo que me ocorreu no momento (quem sabe para não parecer ainda mais suspeito), informei ao comissário que me encarregaria de promover uma investigação, e em breve lhe daria informações sobre a procedência do homem ali estirado na gélida maca de metal, de olhos fechados e a expressão sonhadora de quem, naquele momento, estivesse apontando sua zarabatana para um besouro gigantesco em disparada pelas nuvens do Terceiro Céu.

No caminho de regresso para casa, na medida em que Hernández e Fernández persistiam em sua mudez, consultei meu celular e vi por acaso nas redes sociais algumas imagens da decolagem da Tiantáng I em direção a Marte. Aparentemente o lançamento havia sido perfeito, porém minutos após a saída da atmosfera terrestre as torres de comando do Cosmódromo de Baikonur perderam contato com a nave. Eu me sentia mais ou menos da mesma forma, já que podia continuar a assistir ao vídeo de Boaventura, mas não lhe fazer perguntas. Se nos minutos subsequentes ele não falasse sobre o falso kaajapukugi, permaneceríamos todos às cegas. Por um instante pensei que o vídeo nunca tivesse existido, e o primeiro contato de Boaventura com os índios isolados não houvesse passado de um pesadelo disparado por meu estado de luto. Nas ruas do centro histórico de Oaxaca, talvez devido ao horário da sesta e ao sol a pino, não havia mais sinais de menonitas, de mazatecos e nem mesmo dos turistas. As ruas estavam tão silenciosas quanto o rádio da Tiantáng I.

Já de volta à sala de casa, passei alguns instantes admirando o traje cerimonial kaajapukugi na moldura da parede. Exibia um desenho inteiriço, e o tronco e as pernas se ligavam até a cabeça, envolvida a partir da nuca por um chapéu arredondado. Me fazia lembrar de filmes antigos e de sonhos infantis em preto e branco. Parecia a casca que um inseto gigante havia deixado para trás. Impressionava como a tecelagem do traje era intrincada, com repetidas inscrições dispostas por toda a superfície em faixas cujos padrões então me pareceram abstratos. Eu me perguntava sobre os possíveis segredos que se encontravam ali criptografados, e ao alcance de ninguém. Realmente, tinham uma aparência inquietante. Uma vez meu pai havia me dito que o cosmos é um criptograma que tem um decriptador, o homem. Ao lembrar dessa frase do velho, me senti o mais inepto de minha espécie. Não tive nenhum afã de interpretar o que estava ali escrito em ícones minúsculos, nem de investigar o passado. Um passado do qual eu me livraria com satisfação, se pudesse, até mesmo do ônus que carregava nas inscrições do meu maldito DNA.

Eu perguntaria se estava vivo ou morto, repetiu Boaventura quando acionei de novo a tecla do tocador de vídeo, livrando-o da fixidez em que o abandonei momentaneamente no monitor. Mas acabei não fazendo pergunta nenhuma, ele prosseguiu, ao menos não na ocasião em que encontrei a índia. O cotidiano daquelas selvas era marcado pela monotonia mais exaustiva, que eu suportava com a fúria que só o tédio pode despertar. Não demorei a zanzar meio manco pela selva, a medicina natural dos kaajapukugi era poderosa e salvou meu pé da gangrena. Repeti meu estratagema secreto de uso do tinsáanhán no mínimo mais duas vezes, sendo que na última preparei uma generosa porção excedente que guardei na *pakë* que produzi a partir de uma boa lasca de mogno. As visões na mata ao redor da ilha me davam medo, tinha a sensação de ser observado por algo que estava no ar, por uma ave de rapina que saísse do nada e me levasse em suas garras. Por algo que pairava acima de nós. No meio das folhagens eu via, ou pensava ver, um monstro com cabeça de inseto, e imaginei que podia ser um índio com seu traje cerimonial. A tumba da ilha da neblina invadiu meus pesadelos, sua estrutura inconcebível me assombrava. Passei a ter insônia, virei uma espécie de predador noturno que vivia da caça de pequenos roedores e dos restos deixados pelos índios. Tomado por esse estado de horror que substituiu o enlevo inicial, verifiquei novamente o funcionamento do barco. Permanecia onde os índios o haviam escondido. Minha primeira análise foi acertada: por meio do contato direto era possível dar a partida no motor, e os galões de combustível seguiam intactos. No meio da escuridão da selva a única coisa que se movia era o meu par de olhos brancos.

Nas ocasiões seguintes em que tomei tinsáanhán, as ressacas se repetiram, disse Boaventura, assim como meu estado de quase morte no interior da tapera dos garimpeiros. Da terceira vez que o tomei, permaneci cinco dias sem conseguir me levantar. Pelo menos ao despertar não faltava nenhuma parte do meu corpo, como da vez anterior. A cicatrização do meu pé tinha se completado, restando uma pele rósea no lugar vazio antes ocupado pelo dedão. Em minha prostração, mal diferenciava um dia do outro, e percebia a cumbuca com alimentos que era deixada no piso ao lado do catre de palha somente nos lapsos em que despertava, mareado. Comia um pouco e vomitava a maior parte daquilo que engolia. Usei a evolução da cicatriz no pé pra medir a passagem do tempo, fazia alguns meses que eu estava ali. Na quinta noite, acho, me senti melhor, e pude cambalear até a beirada da clareira e observar a movimentação dos índios. Segundo meus cálculos, confirmados pelos preparativos que eram feitos, tratava-se da véspera do ritual na ilha da neblina. Não havia nenhum sinal da índia. Contudo, na manhã seguinte, quando ela se introduziu sorrateiramente em minha maloca como de costume, movimentando-se agachada com a cumbuca de comida nas mãos, eu a agarrei com força. E aqui está o terceiro motivo desta gravação, meu amigo, que talvez seja o primordial, seu único e verdadeiro motivo, disse Boaventura com a cara muito colada à câmera, aqui está a confissão dos meus crimes de lesa-humanidade. Falei que venho sofrendo ameaças, embora sempre as tenha sofrido. De fato, antes elas vinham de lugares mais óbvios, das forças contrárias ao meu trabalho com os índios, dos mandachuvas do agronegócio, de madeireiras e mineradoras, e do próprio governo. Além disso, ele murmurou, ando vendo fantasmas. Na tela, só dava para ver os olhos brilhantes de Boaventura bem de perto. Por alguma distorção passageira da gravação da imagem, eles estacaram tão perto da câmera que se tornou possível identificar umas pequenas estrelas cadentes em suas íris, estrelas cadentes riscando a claridade azul dos seus olhos, sinais iridescentes de alguma enfermidade ainda a ser diagnosticada. Mas agora as ameaças vêm de lugares desconhecidos, ele prosseguiu, e por isso são mais graves. Vêm dos anarcoindigenistas, acredito, que se denominam Índios Metropolitanos, como aqueles anarquistas bolonheses de 1977 que um dia admirei. São extremistas radicais. Posso morrer a qualquer momento, daí a necessidade deste vídeo, disse Boaventura. É provável que eu esteja morto quando você assistir a isto aqui, portanto eis o que aconteceu: naquela manhã eu segurei a índia pelo pescoço com uma gravata até ela apagar. Quando caiu inconsciente, eu a joguei nos ombros e enveredei pela área mais fechada da selva em direção ao rio. Quando nos aproximamos da margem, liberei o barco das folhagens que o encobriam e botei a índia desmaiada a bordo. Com as mesmas folhas secas de palmeiras, criei uma espécie de canaleta sobre a vegetação que me permitiu empurrar com agilidade o barco até o rio. Depois de remar por duzentos metros num só fôlego, sem ao menos olhar pra trás, acionei o motor. Porém a ligação direta não funcionou daquela vez, nem da segunda ou da terceira, e foi necessário insistir com os trancos. Considerei se os selvagens, àquela altura imersos nos sonhos atemporais do tinsáanhán, despertariam com os estouros do motor. Apostei que não, mesmo com receio de afogar o carburador, pois não tinha outra saída, até o motor explodir num ruído contínuo e esperançoso. Embiquei o barco na correnteza com velocidade máxima, e mesmo quando já estávamos relativamente distantes e a chance de nos alcançarem era menor, minhas cicatrizes da cara latejavam de dor. A dor na cara não se devia ao vento que a deformava ainda mais, e sim ao horror de ser alcançado por meus captores. Com o avançar dos quilômetros, a neblina sobre o Purus se dissipou, e a claridade ressurgiu, iluminando a jovem índia estirada e imóvel no fundo do barco, toda ensanguentada. Somente nesse instante percebi que meu tórax também estava banhado de sangue. Com a pressa da fuga, não notei a barriga incipiente que se formava no púbis prenho da índia. Além de ter interrompido sua gravidez, agora ela sofria uma violenta hemorragia, e ainda teríamos oito dias de viagem até Lábrea, se não houvesse imprevistos. Caso morresse, todo meu planejamento teria sido em vão. Não descobriria coisa alguma a respeito dos selvagens. Eu a limpei com o cuidado permitido pelas circunstâncias. A índia permaneceu desacordada por todo aquele dia, e sua febre aumentou na manhã seguinte. Ao liberá-la de seus restos, jogando a gosma sanguinolenta na correnteza do rio, não pude deixar de pensar neles como sendo a substância de um futuro que não viria mais. Foi então que tive uma ideia, algo que pudesse equilibrar os eventos no futuro, e que poria em prática se ela sobrevivesse. Era um plano, poderia dar certo ou não. Por sorte, a índia suportou mais quatro dias de viagem, até alcançarmos o entreposto avançado da madeireira, onde foi medicada com antibióticos. Evidentemente, ainda não era possível saber se sobreviveria aos medicamentos ou ao preço do seu contato inicial com nossa sociedade, travado por meio daquela enfermaria infectada. Aos lenhadores, contei que havia sido capturado pelos selvagens de uma tribo isolada, que o guia tukano fora assassinado, e a pequena bugre tinha garantido minha passagem pra liberdade. De imediato quiseram matá-la, pois temiam que seu povo viesse à sua procura. Não se importavam com o desperdício de remédios, mas preferiam permanecer vivos. Um deles, o mais afoito, com uma machadinha na mão, disse que a matariam e a jogariam no rio. A correnteza leva ela pra longe, disse, os bugres nunca vão saber de nada, nem os missionários. E a agência mais próxima da Funai está fechada. Consegui convencê-los do contrário. Talvez as cicatrizes na minha cara faminta os tenha afugentado, ou talvez eu tenha lhes oferecido dinheiro a ser pago pelo Cimi. Foi isso. Eu sou agente do Cimi, agora lembro que disse a eles, o conselho vai recompensar todos vocês por salvarem a moça. E assim a salvei de sua primeira morte, pois partimos novamente em direção a Lábrea na manhã seguinte, sob forte tempestade. Enquanto a índia continuava desmaiada sobre as tábuas do fundo do barco, estendi a lona em nossas cabeças e dei a partida no motor. No tempo remanescente da viagem, a hemorragia cessou, a febre diminuiu e ela voltou a si. Ao despertar, aqueles olhos esculpidos à faca olharam pra mim como se nunca tivessem me visto, e talvez não tivessem, manifestando sua fúria plácida, de prisioneira inconformada. Era um ódio tão potente que os olhos reluziam mesmo sob o breu da lona. Assim continuamos por dois dias, cada qual acocorado em seu mundo no extremo da embarcação, encarando um ao outro ainda sem compreender nosso destino comum, até eu perceber que ela olhava através de mim, pra bem longe dali. Para a cabeceira do rio, de onde eu a tinha arrancado. Ao desembarcarmos em Lábrea, não fomos importunados pela escumalha habitual do píer, e a encaminhei com o restante do lastro retirado do barco a uma pensão afastada nos limites da aglomeração de casebres do vilarejo. Negociei com a proprietária, uma prostituta que se iludia com a possibilidade de se aposentar, algo inviável em sua profissão por aqueles ermos, pra ocuparmos a velha tapera dos fundos do terreno, onde dispus a pouca tralha de cozinha que obtive no entreposto da madeireira, mais um facão, um revólver e uma espingarda. Nos primeiros dias, muito contra minha vontade, fui obrigado a amarrar a índia com uma corda. Sob a lâmpada tremeluzente da tapera, sentado na cadeira diante dela, pude enfim avaliar aquele corpo. Não devia ter mais de vinte anos. Era pequena até para os padrões indígenas, no máximo um metro e meio de altura. Quando confirmei que era tão jovem, vi meus planos sob nova ameaça: temi não aprender sua língua ou estudar a cosmogonia do seu povo. Como em outros povos, podia ser que em sua cultura certos conhecimentos fossem vedados às mulheres. E pelo que havia constatado, ela era a única mulher do grupo, sem preceptoras que a tivessem ensinado. Eu tinha acertado um tiro no vazio, disse Boaventura, e após dizer isso suas cicatrizes se metamorfosearam em avarias pixeladas. Ele continuou a mover a boca com vagar por trinta segundos que pareceram milênios, num silêncio que culminou em distorção e no brevíssimo apagão da imagem na tela.

Quando a imagem estabilizou, retornei o vídeo até o instante inicial da avaria, porém o trecho inteiro estava comprometido. Como a pane aparentava vir do momento da gravação e não do meu computador, só me restou prosseguir com três batidinhas na madeira da mesa, e o desejo de não acontecer outro problema no vídeo. A índia ficou semanas sem falar, disse Boaventura, mal se alimentou nesse tempo. Arrisquei conversar em dahseyé e outros dialetos tukano que conheço, sem resultado. De minha rede e da cadeira, eu a observava em sua condição de esfinge como se fosse invisível, pois ela não retribuía meu olhar. Apenas a índia existia naquela tapera exígua de um só cômodo e uma janela, enquanto minha vida era posta em suspensão. No início arranjei com a dona da pensão pra que ela nos fornecesse a marmita. Mas após pouco tempo aprisionado com a índia fui obrigado a respirar, a sair pra comprar cigarros e beber no bar flutuante do rio. Do balcão do Curva de Rio Sujo, eu observava os grileiros e suas índias bêbadas, cada homem em Lábrea devia ter uma delas amarrada ao pé da cama. Contudo, minha questão com a índia não ultrapassava o conhecimento, meus interesses antropológicos ficavam acima da animalidade. Decidido a obter o que desejava, voltei à tapera numa noite pra encontrá-la vazia. Meio embriagado, amaldiçoei a dona da pensão e seus pudores de prostituta despencada e recém-convertida ao catolicismo, até voltar para os fundos da casa e no caminho encontrar a índia, acocorada sob a sombra do tronco da sibipiruna do quintal. A dona a soltou da corda, mas ela preferiu ficar, talvez por não ter pra onde fugir. Seu destemido rosto solar olhou pra mim pela primeira vez. Com paciência e comida a convenci a voltar pra dentro da tapera, e não a prendi mais. Sem a corda ela ganhou ânimo mais apaziguado, e passou a observar os objetos e a construção onde se encontrava. Ao contrário dos homens de seu povo, ela usava cabelos compridos e o corte reto, emoldurando seu rosto de sobrancelhas raspadas e tatuado com riscos na disposição concêntrica dos raios do sol, a partir dos olhos e do nariz, o que lhe dava a aparência de um jaguar. Com a trégua, decidi experimentar o tinsáanhán que tinha trazido da ilha da neblina e provocar uma reação nela, talvez ressuscitar aqueles cuidados que ela teve comigo quando estávamos no mato. Em uma manhã ensolarada, chamei-a até a sibipiruna e aspirei a *pakë* com força. Igual às situações anteriores, desabei no ato. Ela acompanhou minha queda com olhos postos no chão, sem me observar diretamente. Minha mãe apareceu no interior da tapera e cruzou os braços na janela, depois produziu com a língua nos dentes uns estalos que sempre soltava ao me censurar por algo que eu tinha feito, tsc tsc tsc, ela fez com os lábios franzidos. Aceitei que a odiava. A pele da cara da velha então começou a se desgrudar da carne, a escorrer virando pelanca, e da boca escapou um besouro enorme como os da ilha, que rodopiou no ar acima da árvore enquanto o corpo de minha mãe murchava e sumia. Comecei a ouvir umas palavras, de início incompreensíveis, mas que logo entendi, Grande Mal, diziam em yepá-mahsã, e percebi que a índia as murmurava,

Grande Mal, ela conversava comigo e eu a entendia com perfeição. Quando voltei à consciência, ela estava de joelhos ao meu lado e segurava minha mão. Nas horas seguintes a ressaca bateu com força, e voltei a ser cuidado por ela. Meu plano enfim teve efeito. Fiz perguntas em yepá-mahsã e obtive respostas breves e quase inaudíveis. Pensei que já poderia considerá-la uma amiga. Entre os estreitos fiapos na face por onde a luz de seus olhos escapava, reconheci algo: aceitação. Ela titubeava o yepá-mahsã com cadência pueril, deduzi que não se tratava de sua língua materna. Preferiu aprender outra língua, da qual certamente tinha noção, em vez de me conceder acesso à língua do seu povo. Não entregaria nada sem lutar, disse Boaventura, essa era a sua mensagem, mas eu pretendia vencer qualquer oposição, pois o conhecimento da humanidade se encontrava em xeque. Nas semanas seguintes a índia continuou com seu jogo sedutor, ora cedendo migalhas de sua atenção, ora se fechando como tatu-bola. Aos poucos fui compreendendo as regras secretas desse convívio, e nos aproximamos mais. Me interessava aprender algo de sua língua, qualquer coisa que fosse, pra aceder aos eventos da cosmogonia de sua gente, da qual eu ainda não sabia nem mesmo o nome. Depois, queria compreender os sentidos implícitos ao rito do tinsáanhán. Passei a trabalhar com isso em mente. A comida foi a porta de entrada pra aprender nomes de alimentos e processos de sua preparação. Buscava com isso levar a índia a se comover com meu interesse. Para minha alegria, essa boa disposição foi retribuída uma tarde, ao preparar sua papa de mandioca. Quando menos esperava, ela murmurou a palavra kaajapukugi. A partir desse instante, comecei a fustigá-la pra compreender seu significado, e fui atendido, ela disse em yepá-mahsã que se tratava do nome de seu povo, de como se chamavam aqueles índios isolados do Alto Purus, em seguida revelou a relação deles com o grande jaguar e com o lagarto sem cauda, disse Boaventura, a origem dos kaajapukugi atuais. Com o passar dos dias, nosso convívio se tornou mais íntimo. Ela se desarmou da condição de prisioneira, e ocupou a tapera como se fosse sua casa. Essa atitude me comoveu, e eu a admirava em suas tarefas cotidianas, e pensava que ela seria uma grande mãe. Meu plano final poderia vingar. Nos isolamos ali, na tapera dos fundos da pensão, e excluídas as poucas visitas da dona pra nos trazer alimentos que preparávamos no quintal, Lábrea foi apagada do plano da realidade. Aprendi, segundo preceitos de sua gente, o preparo da alimentação, e disso vivíamos. Então não pensei que ela agia de modo amável pra se proteger de mim, de minha presença incompreensível pra ela. Com isso, abandonou o silêncio como estratégia de recusa e contou como os kaajapukugi concebiam sua origem no mundo. No início de tudo houve grande explosão em Di-yï-wài, o Primeiro Céu, e Di-èr-wài, o Segundo Céu onde vivemos agora, e esse choque permitiu que Xikú-feixiguiuán, o Piloto Perdido, viesse de Di-sân-wài, o Terceiro Céu, dentro de Tinsáanhán, ela dizia, o Grande Besouro, de onde saiu a nuvem negra de cinquenta besouros menores, os Pilotos, que defecaram em Xéngjié-de-xuìmián-dao, a Ilha do Sono Sagrado. Ao comer as fezes dos cinquenta besouros, o Piloto Perdido também defecou, e de sua barriga saíram os ancestrais dos kaajapukugi, ela dizia, e deles viemos nós, os kaajapukugi que estão em Xijiè. Ao aspirar as entranhas de Tinsáanhán, visitamos momentaneamente o Terceiro Céu, onde vivem nossos ancestrais em amor eterno junto ao Piloto Perdido, ela dizia, e esse encontro é o que nos ensina a seguir vivos. Mas às vezes, quando estão no auge de suas forças, os kaajapukugi se matam, ela dizia, pois assim desejam prosseguir no Terceiro Céu, jovens e valentes, e não como velhos incapazes. Ao revelar os princípios da doutrina secreta kaajapukugi, a índia falava com murmúrios sinistros, como se anunciasse um segredo monstruoso, disse Boaventura, e se estendia na esteira do piso da tapera, afetada por alguma doença que trouxesse incubada nas veias, e a Origem sempre irá se repetir, ela dizia, pois o número de coisas que fazem o mundo tem um limite, e para esse número ser alcançado, Xijiè, o Mundo, tem de se repetir. E de novo o Piloto irá se perder, e de novo o Grande Besouro defecará a nuvem negra de cinquenta besouros, Hei-yún, e de novo o Piloto Perdido nos defecará, nos trazendo até aqui, e você subirá o curso do rio até kaajapukugi uma vez, e outra vez e mais outra, ela dizia, e para sempre permanecerá preso ao curso desse rio de destruição e renascimento, Hen-zaogao, Grande Mal, ela disse, ao mesmo tempo me maldizendo e me nomeando pela primeira vez, disse Boaventura.

A sombra de uma nuvem que encobria os céus de Oaxaca estendeu sua mortalha sobre a tela do vídeo, e por sua vez sobre Boaventura. Durou poucos segundos, nos quais as contorções de sua cara esfacelada remoeram a menção indesejável daquilo que ainda estava por vir, não mais do que o tempo de duração da sombra. A nuvem passou, devolvendo a claridade ao cômodo, e um facho de sol atravessou a garrafa de mescal em cima da mesa, causando a ilusão de que o verme em seu interior se mexia, regressando à vida. No celular havia uma chamada não atendida, proveniente do comissário de polícia. Ele aguardava uma pista secreta acerca do cadáver etiquetado com número 50, e eu era sua única esperança de receber novidades frescas do mundo dos mortos. Traguei o mescal antes que Hernández e Fernández tocassem a campainha mais uma vez, e dei prosseguimento ao vídeo. Após ouvir o nome pelo qual ela me chamava, soube que minha vida era um fracasso, disse Boaventura, porém não suspeitei que ainda me encontrava no instante da véspera. Minha queda definitiva se concretizaria naquela mesma noite, quando me deitei sobre a kaajapukugi no piso da tapera. Ela não emitiu gemido algum, enquanto eu descarregava todo o desejo represado desde a primeira vez que a vi, logo depois de ser raptado, e apenas observou a lua minguante emoldurada pela janela do quintal sumir numa nuvem negra. Mas o fracasso do meu compromisso com os princípios mais básicos do conhecimento e com a ética científica da antropologia, a assim chamada retidão moral de um homem, ou qual nome seja que deem à decência, teve sua importância diminuída ainda mais nas semanas seguintes, disse Boaventura, nas quais pratiquei esculhambações das mais reprováveis. Me tornei um animal resfolegante sobre o corpo daquela índia, eu a comia muitas vezes ao dia, e a despertava de noite pra foder mais uma vez, e de novo pela manhã. Em todas as ocasiões que isso aconteceu, ela não reagiu. Parecia resignada, como se aquilo já lhe tivesse ocorrido muitas vezes, centenas, milhares de vezes, e fosse se repetir pra sempre num ciclo sem fim, num eterno ir e vir. O silêncio dela era ofensivo pra mim, sua recusa em falar comigo atestava minha inexistência. Não demorou pra que o óbvio acontecesse, o que descobri quando a flagrei vomitando em cima das ervas daninhas que nasciam no pé da sibipiruna. Em seis semanas seu ventre inchou e a dona da pensão, habituada às idas e vindas do seu próprio útero de prostituta, me alertou para o fato. Comecei então a dar escapadas noturnas até o Curva de Rio Sujo, o bar flutuante na margem do Purus. Ali a cocaína abundava, trazida da Colômbia, e o vazio de minha existência foi preenchido pelo carteado e pelo vício. Assim que o sol morria na mata, eu amarrava a índia ao pé da mesa e corria pro bar, onde passava as noites. Em três meses já estava endividado, devendo boas somas de dinheiro ao dono da mesa de apostas e ao traficante mais violento de Lábrea. Numa manhã de ressaca, disse Boaventura, despertei com duas figuras recortadas contra a luz do sol na porta aberta, e demorei a reconhecer quem eram: George e Sylvia Maria Fuller, meus amigos indigenistas e batalhadores pela causa yanomami. Sem fingir espanto ao perceberem a corda no tornozelo da índia jogada ao lado, os dois entraram na tapera e sentaram-se à mesa. Como de costume, a kaajapukugi manteve seu silêncio indevassável e mal pareceu notar a chegada deles, permanecendo de cara virada pra parede. Esfreguei os olhos e meu esboço de sorriso foi cortado por Sylvia, uma britânica sempre severa, que apontou o dedo pra mim e disse apenas: uma faca, quero uma faca pra soltar a moça dessa corda. E quero agora, ela disse, pois sua cativa vai embora conosco. Enquanto isso, George emendou uma conversa de que tinham sido informados pelos missionários do Cimi a respeito do boato que corria por Lábrea de que um pesquisador mantinha uma índia em cativeiro, e não quiseram acreditar que se tratava de mim, e torceram pra que o boato fosse infundado. George costumava ser um cara tranquilo, mas na ocasião estava muito nervoso. Sylvia procurou chamar a atenção da índia com um gesto apaziguador, e se agachou perto dela. Com o rosto da índia entre as mãos, olhou fundo nos olhos de jaguatirica dela e disse: é formidável, nunca vi ninguém igual, ela vai ser devolvida ao povo dela, passe já a faca. E estendeu a palma aberta da mão pro meu lado. Minha reação à exigência de ambos foi vergonhosa, disse Boaventura, naquela época eu não era dono de mim. Saquei o 38 que guardava perto da rede de dormir e o apontei pra eles, ordenando que saíssem o quanto antes, pois o fato de serem meus amigos não evitaria que o horror se instalasse naquela tapera miserável, caso insistissem em levar a mãe de meu filho. E os dois saíram, afastando-se pelo quintal sob a mira do meu revólver, ao passo que George dizia coisas como isso não vai ficar assim, você vai ver, e voltaremos aqui com a polícia. Mas não voltaram, ao menos não enquanto permaneci na pensão. Desgraçados e vagarosos, assim se arrastaram os meses que antecederam à criança, desgraçados e vagarosos e infames. Dívidas saíram de controle, eu não conseguia parar de cheirar e a índia se afundou no mais resistente silêncio, agindo estoicamente até durante o parto. O menino nasceu num dia chuvoso, tão cinzento que mal pude discernir se chegou inteiro ao mundo ou veio faltando um pedaço, se veio faltando o dedão do pé como agora faltava ao seu pai. Veio tão facilmente, a índia nem pareceu fazer esforço. Parecia ter brotado ou escorrido. No dia seguinte, com o pretexto de visitar o recém-nascido, o agiota e o traficante apareceram na tapera. Temerosa por suas próprias dívidas do passado, quem sabe, a ex-prostituta lhes abriu a porta. Ambos se encantaram pela índia, e procedemos com o acerto: eu a serviria a eles após o resguardo, e eles descontariam aos poucos os meus débitos. Assim foi: todas as noites o menino ficava aos cuidados da dona da pensão, enquanto eu levava a índia até o Curva de Rio Sujo, e lá eu a prostituía. Repetindo seus passos na rua enlamaçada do cais, ela suportava toda e qualquer humilhação como se as conhecesse de antemão. A clientela do bar flutuante era doentia, uma ilha de fezes sobre a lama, repleta de cafajestes de todas as latitudes. Ainda fragilizada pelo parto, talvez com sequelas do aborto que teve no barco em que escapei dos kaajapukugi, ela não demorou a manifestar sintomas de alguma doença fatal. O mais provável era que eu mesmo a tivesse contaminado com sarampo, disse Boaventura, ou talvez tenha sido em decorrência das doenças venéreas que se espalhavam feito mato entre os frequentadores do Curva de Rio Sujo, o efeito colateral de minhas dívidas saldadas. Depois de um longo tempo sem notar minha presença, sem olhar na minha cara, creio que desde a primeira noite em que me deitei com ela, na hora de sua morte ela fixou meus olhos e falou algumas palavras, me despertando do meu sono alcoólico. Estava com o menino no colo coberto por uma manta, com a cabeça encostada na parede em um ângulo desconfortável, quando abriu a boca num sussurro: pra nós, vocês estão mais vivos depois que morrem do que quando estão vivendo, ela disse e desabou, calada como em quase todos os momentos que passou ao meu lado. Escorreu sangue de debaixo da manta que cobria a parte inferior do corpo dela, e quando a retirei junto com o menino, já era uma poça no chão. Vi a faca jogada e o corte profundo na virilha. Foi então que percebi que ela nunca chegou a dizer como se chamava, e por minha vez eu nunca me encarreguei de lhe arranjar um nome. Esta era ela, disse Boaventura, esticando diante da câmera uma fotografia de cores desbotadas pelo tempo, é a única foto que tirei dela com o menino em Lábrea, ao pé da sibipiruna do quintal. Na fotografia, a kaajapukugi olhava de viés para a objetiva da câmera, com evidente desconfiança. Tinha um rosto largo e tatuado com traços imitando raios de sol, com feições que me pareceram familiares, embora minha tendência sempre tenha sido a de considerar os orientais parecidos entre si. Mesmo debilitada, sua beleza era incomum. Só agora percebo que talvez aqueles traços no rosto dela fossem os números de um relógio, não raios de sol, quem sabe o mesmo relógio representado pelos kaajapukugi no rito do tinsaánhán, disse Boaventura. Os ponteiros invisíveis daquele relógio de sol continuaram a girar, e agora eu vejo fantasmas. Agora a vejo em todos os lados.

Capturei a tela para poder analisar a fotografia com mais calma depois e prossegui com o vídeo, que se aproximava do seu final. Eu já conhecia a resposta que devia ao comissário, mas preferi adiá-la até que os inevitáveis Hernández e Fernández conduzissem seus bigodes até a minha porta. Depois da morte da índia, me lembrei de um episódio ocorrido na selva, quando havia sido raptado pelos kaajapukugi, disse Boaventura, de algo que relacionei àquilo que ela falou ao morrer. Eu estava perto de desfalecer de fome, mas afinal tive sucesso ao caçar um macaco-prego, e o assava no fogo que acendi diante da tapera arruinada quando apareceu do nada um kaajapukugi. Ao sentir o fedor amargo da carne de macaco assada, ele se dirigiu até mim. Não soltou um murmúrio, apenas me encarou com uns olhos que não expressavam raiva nem temor. Pelo contrário, sua expressão me pareceu de pena, da mais intensa compaixão por mim. Foi a única situação em que um kaajapukugi olhou em meus olhos durante o cativeiro no Alto Purus, disse Boaventura, porém somente após a morte da índia compreendi que eles ignoravam minha presença com tamanho desprezo não por eu ser um fantasma, como pensava então, pois já não sabia se estava vivo ou morto, e sim não me viam pelo fato de este aqui ser um corpo desprovido de espírito, de esta ser uma carcaça vazia que vagava pela selva sem obter a piedosa intervenção da morte. Os kaajapukugi fingiam não me ver porque minha alma já estava morta, mas meu corpo não estava, disse Boaventura, e isso era a mais cruel das maldições. Eu era Hen-zaogao, o Grande Mal.

Na semana seguinte à morte da índia, empilhei o punhado de notas do dinheiro cada vez mais reduzido que tinha e comprei uma lata velha que ainda flutuava, mas não por muito tempo, prosseguiu Boaventura. Pus a bordo algumas ferramentas, para o caso de necessitar delas como moeda de troca, e embarquei com o menino sem informar ninguém sobre nosso destino. Antes de partir, fui obrigado a ouvir as imprecações lamurientas da dona da pensão. Ela estava apegada ao menino, e armou uma cena pra ficar com ele, prometendo que o trataria melhor que a um legítimo neto. No lugar de deixar o menino com a prostituta, paguei o aluguel atrasado com a espingarda e o revólver. No cais, ao soltar as amarras, fui castigado à distância pelos olhares de reprovação da clientela debruçada no peitoril do deque do bar flutuante. Até mesmo o agiota e o traficante deviam considerar que minha partida significava a perda daquilo de pior que já havia pisado no Curva de Rio Sujo. Todos me deploravam, porém só me consideraram um caso definitivamente sem solução ao perceber que eu direcionava o leme do motor no sentido do rio acima. Na época da cheia, desprovido do conhecimento de um guia indígena e acompanhado apenas pela criança de colo, fomos etiquetados de imediato como ração de pirarucu. Talvez pensassem que eu fugia apenas pra afogar o menino sem testemunhas, hipótese que não deixaria de assombrar minha cabeça depois de dois dias de iniciada a viagem. Àquela altura, enfiado debaixo da lona com água transbordando por todas as frestas remendadas do barco, com o moleque preso em meu tórax pelo jamaxim que improvisei a partir da manga rasgada de uma camisa, temeroso de corredeiras e rochedos submersos que perfurassem o casco, considerei que minha única saída seria me jogar na água. Não foi o que fiz, entretanto, apenas alimentei aquele menino como pude, com leite de cabra conseguido de ribeirinhos e papa de mandioca cozida, suportei seu choro incessante nas noites fedendo a mofo e o embalei no colo quando a chuva dava uma trégua, erguendo a cabeça ao sol pra verificar se o rio continuava a seguir seu leito ancestral em direção ao inferno. Terminei por concluir que aquela vigília em si já era o inferno, eu já estava no inferno, talvez o inferno ficasse dentro de mim. Nessas horas admirava o rosto do menino e via nele o rosto da índia, apesar de os dedos dos pés dele serem iguais aos meus, e a cor de sua pele, a mesma que a minha. Já o formato da cabeça era o dela, assim como os olhos sempre fechados mesmo que estivessem abertos. Ali deitado naquele casco em movimento sobre a superfície do planeta, com meu filho em cima do meu peito e as estrelas distantes que olhavam por nós a partir da morte, do outro extremo do espaço que ocupávamos, eu me perguntava o que faria, se algum dia o veria de novo, e percebi que havia superado o luto pela perda dos meus pais, que os enterrara bem fundo sob mil pás de esquecimento, e que a partir daqueles momentos podia ser eu mesmo, codinome Grande Mal, pois meu destino estava assinalado. Estava consciente de que havia matado meu pai, havia matado minha mãe e que, caso aparecesse algum profeta caminhando sobre as águas lamacentas daquele rio, não hesitaria em matá-lo, e se o próprio deus surgisse por ali no rastro do seu emissário assassinado, eu também o mataria sem piedade. A flechada kaajapukugi que atravessou minha cara disparou todos os eventos que se seguiram, disse Boaventura, e agora só restava aos momentos se repetirem, seguindo a órbita tediosa de todos os objetos celestes ao redor do sol. Ao final, a viagem até o arquipélago de igarapés do Alto Purus levou dez dias, e não foram poucas as situações nas quais por um triz não perecemos debaixo do aguaceiro e no fio da correnteza, ao léu dos movimentos gravitacionais das marés e do acaso. Durante todo esse tempo eu pensei no que havia feito ao sequestrar a mãe daquela criança, disse Boaventura, uma verdade de que me conscientizei só muito tarde, quando as cartas já estavam na mesa e as consequências não podiam mais ser revertidas: ao roubar a última mulher de seu povo, eu havia condenado os kaajapukugi à extinção. Eu era Hen-zaogao, o Grande Mal, e aquele gesto impensado foi minha contribuição pra história. É claro que se tratava de uma contribuição bem diferente daquilo que havia sonhado pra mim mesmo, quando descobri na juventude a existência dos povos indígenas isolados num programa da Rádio Relógio. Meus sonhos de antropólogo, por assim dizer, que afinal nunca realizei. No entanto não pude prever que ainda restava bastante a destruir, que minha capacidade de transformar em poeira tudo aquilo que toco ainda não tinha atingido seu máximo alcance de destruição. Na véspera do fim da viagem, caí exausto sobre o cordame e sonhei, aterrorizado, que a escuridão das nuvens negras no céu acima do barco em movimento não era mais do que o tempo de minha existência, uma longa noite que engoliu um a um os seres vivos com quem cruzei, meu pai, minha mãe, a mãe do meu filho, e a finita linhagem dos kaajapukugi. Eu era a fonte da matéria do devir das coisas existentes, a mesma onde elas encontravam sua aniquilação. Na manhã seguinte, a ilha da neblina despontou como a única coisa sólida na realidade líquida do sonho. Como as cheias prosseguiam, a travessia a nado até a ilha se tornava difícil, pra não dizer impossível, mesmo pros índios. Havia indícios de que os selvagens usassem embarcações pra navegação, mas eu sabia que não era atividade habitual entre eles. Minha expectativa de que não fôssemos alcançados se encerrava ali, e o repuxar das cicatrizes em minha cara sempre me lembrava do poder de alcance das flechas kaajapukugi. Ainda distante da margem, desliguei o motor, avançando rumo à ilha apenas com o impulso dado pelos remos que eu acionava com extremo vagar, guiado pela lembrança da imagem dos miolos do guia tukano espalhados pelo fundo do barco, reluzentes à luz da lua. Pra minha segurança, o menino dormia profundamente, e por um segundo temi que estivesse morto. Fui movendo aqueles remos em meio à névoa me sentindo um Caronte sem um puto centavo no bolso, um barqueiro no limbo entre dois mundos, disse Boaventura, abandonando pelo caminho qualquer esperança de regressar um dia ao mundo dos vivos. Segundo o que observei enquanto estava entre os kaajapukugi, os besouros se reproduziam no tempo do estio, o que aumentava ligeiramente minha segurança. Ondas de fumaça se desdobraram no ar em direção ao barco, sopradas pelo vento proveniente do lago no centro da ilha. Nas nesgas que surgiam de tempos em tempos entre as nuvens, percebi que a lua seguia firme no céu, ainda que já fosse de manhã. Não se ouvia um só pio, o mundo animal permanecia adormecido como o menino, e talvez se encontrassem no mesmo plano da inconsciência naquele instante, o menino e os pássaros. As pás dos remos volteavam em círculos, e a quilha deixava um rastro de borbulhas brancas pra trás. Notei o primeiro banco de areia assomar em sua brancura na faixa limítrofe do negrume das águas com o céu cinzento, e logo depois verifiquei através do contato do remo com o fundo que o leito do rio se aproximava de sua superfície. A mistura arenosa de pedras minúsculas com barro craquelou debaixo dos meus pés descalços quando pisei na praia, arrastando o barco com a corda até a margem. Dos galhos altos das árvores saíam novelos que se dissipavam no ar sobre a ilha, produzindo camadas tão densas de névoa que limitavam o alcance da visão a não mais do que poucos metros ao redor. Digo isso pra você entender a causa de eu ter me perdido pelo menos por uma hora antes de localizar a área onde os ritos kaajapukugi eram praticados, disse Boaventura, e quando ele fez esse aparte não pude deixar de sentir aflição ao verificar que o tempo de gravação na barra inferior da tela estava chegando ao final: faltavam apenas sete minutos e meio para o vídeo terminar. Portanto, vaguei pela ilha por todo esse tempo, Boaventura prosseguiu, e nessa caminhada eu parecia ter me juntado aos pássaros e ao menino em seu sono. Andei por terrenos desconhecidos, escalei com dificuldade uma colina muito íngreme que antes não parecia pertencer à topografia do lugar, e comecei a me perguntar se não tinha me equivocado nos cálculos ao atracar, pois existiam outras ilhas como aquela na região. Depois de muitos passos em círculo e retornos indesejados à mesma reentrância onde havia deixado o barco, atrás de um rochedo pra impedir que pudesse ser visto da outra margem, penetrei a mata cerrada e reconheci, muito baixo, o zumbido que os besouros soltavam ao pousarem nas árvores. Era um som quase imperceptível, semelhante ao da canção uníssona murmurada pelos kaajapukugi em seu rito, que me guiou até o criadouro natural onde se dava a reprodução dos Pilotos. Sob as árvores, era possível ver os longos troncos se perderem na neblina resoluta que envolvia as copas. Como previsto, os insetos ainda se encontravam no início do amadurecimento, inapropriados à colheita do tinsáanhán, e lembravam feridas pretas se abrindo nos troncos. Ainda não tinham o tamanho de um polegar. Percebi então que estava a poucos passos de onde desembarquei. Envolto no jamaxim improvisado, o corpo adormecido do menino acompanhava a respiração sobressaltada do meu peito, e segui a trilha batida que dava na clareira contígua ao criadouro. Não havia sinal dos kaajapukugi, mas recordei a primeira vez que os vi, dispostos concentricamente na posição de um relógio no centro de um descampado. Então eram mais de cem índios, não esses cinquenta que restam agora. A lembrança do sangue do suicida que avançava lentamente, sendo absorvido pela areia, até preencher por completo o círculo formado pelos homens deitados de costas. A tumba e sua forma arquitetônica irreconhecível, pois não lembrava nenhum monumento inca ou asteca, muito menos os templos da América Central do povo maia. Era de lastimar que eu não pudesse provar tinsáanhán pela última vez, mas ainda não era época. De todo modo, não tinha viajado até ali para aquilo, e sim pra me redimir. Desde o início, eu tinha um plano. A redenção de meu corpo, esperando ansiosamente a adoção de nosso filho. Quando se traça um plano, porém, é impossível saber se vai funcionar no final. Caminhei até o barco e retirei a picareta de debaixo das tralhas protegidas sob a lona. Depois arranjei um ninho feito com cobertores no fundo, onde abriguei o menino. Após cuidar disso, regressei até a tumba no centro do descampado. Sua construção era maciça, sem nenhuma brecha a não ser as fissuras entre as pedrinhas milimetricamente dispostas de forma geométrica, e impressionava pela retidão dos ângulos e pela cor alva, atípica para a argila usada no acabamento dos objetos kaajapukugi. Não devia ter mais do que sessenta centímetros de altura em relação ao chão, e estava completamente desprovida de arbustos ou ervas daninhas ao seu redor. Parecia um monólito retangular irrompido subitamente da areia, uma afronta da civilização ao estado selvagem daquela ilha. Gravado bem no centro do bloco, estava o pictograma cujo sentido ainda me escapava. Usando-o como referência, assentei a primeira picaretada. A vibração surda me tranquilizou por seu baixo alcance, e o revestimento rachou por quase toda a construção, raiando a argamassa de ranhuras. Estava ali havia centenas de anos, talvez milhares, e um brusco movimento de meus braços o faria se perder pra sempre. Repeti a picaretada com mais vigor ainda, fazendo um pequeno buraco através do qual não foi possível ver nada em seu interior. Ao me agachar pra verificar o buraco, localizei ao lado uma lasca da argila com parte do pictograma, agora destruído. Prossegui com o trabalho por mais meia hora até que surgissem feridas em minhas mãos, aquele concretamento tinha sido preparado pra que a tumba permanecesse fechada, evidentemente, disse Boaventura, tamanho o rigor empregado por quem quer que a tivesse construído. Após um bom tempo, quando a área superior já se encontrava parcialmente arruinada, surgiu um rombo de tamanho suficiente pra que alguém tão magro quanto eu penetrasse nele. Antes de me aventurar a isso, acendi o fósforo e estiquei o braço dentro do rombo. Havia muita poeira em decorrência das picaretadas, e pedaços da argamassa espalhados pela cova escura. De início não entendi o que via, depois não acreditei em meus olhos. Estava debilitado, sem alimentação adequada fazia dias, quem sabe semanas ou meses, por conta de meus péssimos hábitos, disse Boaventura, o calor aumentou com o correr das horas e as picaretadas esgotaram minhas forças. Deitei sobre a parte intacta da tumba, convencido de que estava irremediavelmente louco. Procurei me acalmar. De memória, ainda sem forças pra olhar mais uma vez na escuridão, reconstruí o que vi ou pensava ter visto: um corpo humano estirado na área mais escurecida da cova, que reconheci apenas pelo recorte da silhueta e pelas mãos enluvadas cruzadas sobre o peito, e nos cantos onde a chama iluminou parcialmente estavam diversos objetos parecidos com os que eu tinha visto na maloca kaajapukugi, ferramentas de vidro e metal cujo uso me pareceu imponderável. O sol começava a se firmar além do horizonte, e decidi que teria de aumentar o rombo pra permitir a entrada de luz natural na cova. Foi o que fiz, já sem nenhuma preocupação com a possibilidade de os ruídos alertarem os selvagens ou mesmo acordarem o menino, que continuava em silêncio no barco. Entre uma picaretada e outra, considerei que talvez ele tivesse se sufocado nos cobertores que o envolviam. A estrutura se mostrou mais sólida a partir de determinado ponto, entretanto, solidez que devia ser responsável pela conservação daquilo que eu pensava ter visto, e a picareta se tornou inútil. Talvez a composição mineral do solo da ilha tivesse pesado na conservação, e podia ser que houvesse presença de gás metano gerado por restos orgânicos no interior da cova, disse Boaventura, mesmo assim decidi acender outro fósforo, pois precisava me certificar de que meus olhos tinham visto o que achavam que viram. Debruçado sobre o buraco, com bicos irregulares da argamassa rachada ferindo minhas axilas, enfiei a mão com o fósforo aceso e vi o homem plenamente conservado dentro de uma espécie de traje inteiriço e quase intacto, parecido com o vestido pelos kaajapukugi nas cerimônias, exceto pelo tecido fibroso e de cor branca encardida, bastante esgarçado pelo tempo e por animais que se alimentaram dele, e sua cabeça envolvida por uma proteção arredondada que o deixava parecido com um grande inseto. O visor estava quebrado e a cara era visível. Havia cacos de vidro esparramados ao redor da cabeça, um pedaço da argamassa devia ter feito o estrago. Tinha traços orientais semelhantes aos kaajapukugi, mas seu corpo não parecia envolvido por tiras como as múmias egípcias ou suas equivalentes andinas, e sim por um traje. Pela secura repuxada da carne das faces, do maxilar às têmporas, estava ali fazia muito tempo. Então, num descuido deplorável, o fósforo escapou da minha mão. À medida que foi caindo com a chama ainda acesa, o que por segundos considerei inexplicável, e somente devido à minha breve perda da razão, o fósforo iluminou bem de perto o corpo estirado um segundo antes de atingi-lo, e reconheci, reproduzido no peitoral do traje, o mesmo pictograma que eu havia destruído no frontão da tumba. Ao entrar em contato com o metano, a chama causou uma explosão e a cova ardeu, destruindo o homem mumificado e os objetos em seu interior, disse Boaventura com as mãos tapando as cicatrizes do rosto, mas eu precisava terminar o que me levou até aquela ilha. Meu plano tinha falhado, não havia salvação para os kaajapukugi. A índia pariu um menino em vez de uma mulher. E morreu. Agora só restavam homens entre eles. Corri até o barco, retirei o menino do ninho improvisado onde ele já abria o berreiro, e o levei à clareira onde a nuvem negra de fuligem era expelida pelo buraco na tumba. Instalei meu filho sobre umas folhas de palmeiras que havia preparado, imobilizando-o com os cobertores, voltei ao barco e zarpei em direção à correnteza principal do rio com o motor ligado em potência máxima. Boaventura disse essa frase e olhou amedrontado para o lado, de onde já não vinham ruídos da algazarra infantil da vizinhança nem quaisquer sons alegres, de lá vinha apenas a escuridão da noite que havia começado e que parecia ser a mesma que ele viu na cova aberta, ou a sua própria escuridão interior. Hen-zaogao, Grande Mal. Um estampido que podia vir da porta ou de uma janela batendo se fez ouvir, ou do primeiro trovão de uma tempestade que se anunciava ou de uma arma sendo disparada. Ele voltou a olhar para a câmera e falou alguma frase inaudível, pois a avaria na gravação se manifestou mais uma vez, e seguiu encadeando palavras sem dizer nada que eu pudesse ouvir por mais um minuto e meio, olhando de tempos em tempos na mesma direção de antes com a fala apressada e um olhar cada vez mais aterrorizado, até que o vídeo chegasse ao seu final.

4.
Cosmogonia

Em Oaxaca, depois e fim

ALPHA 60: *O que você sentiu ao cruzar os espaços galácticos?*
LEMMY CAUTION: *O silêncio desses espaços infinitos me apavorou.*
ALPHA 60: *Qual é o privilégio dos mortos?*
LEMMY CAUTION: *Não morrer mais.*
ALPHA 60: *Você sabe o que transforma a noite em luz?*
LEMMY CAUTION: *A poesia.*
ALPHA 60: *Qual é sua religião?*
LEMMY CAUTION: *Eu acredito nos atributos imediatos da consciência.*
ALPHA 60: *Você vê alguma diferença entre os princípios misteriosos das leis do conhecimento e os do amor?*
LEMMY CAUTION: *A meu ver, no amor não existe mais mistério.*

Em nosso encontro em Huautla ao longo do processo de preparação para a chegada dos kaajapukugi, Boaventura revelou que ouvia programas radiofônicos em sua juventude, principalmente os da Rádio Relógio, emissora de ondas curtas do Rio de Janeiro cujo bordão repetido ao final da programação noturna dizia que *cada segundo que passa é um milagre que jamais se repete*. Ele devia ter dezesseis ou dezessete anos quando descobriu através do programa *Você Sabia?* que ainda existiam povos indígenas isolados na Amazônia, algo que o surpreendeu, pois imaginava que os índios estavam todos aculturados ou mortos. A partir daquela ocasião, passou a alimentar planos de estudar antropologia na universidade, objetivo que nunca chegou a alcançar.

Mesmo que fosse exímio intérprete de leitura labial, eu nunca teria conseguido entender o que a dicção repleta de cicatrizes de Boaventura disse nos segundos finais da gravação. O que ele murmurou para si mesmo, quem sabe escusas para o filho que havia abandonado ao perigo da ilha, ou talvez à mãe morta do menino, estava perdido para sempre. O que se seguiu àquele ato enlouquecido não me era de todo ignorado: após um par de anos de perdição desenfreada em Lábrea, nos quais também se envolveu com tráfico de animais e plantas, foi localizado por missionários do Cimi, que o ajudaram a se recuperar do vício em cocaína e álcool, por meio do trabalho voluntário com as comunidades indígenas e ribeirinhas que eram expulsas de suas reservas e vilarejos por invasores. Em dois breves períodos, Boaventura regressou a contragosto a São Paulo para participar de congressos, e num deles viu a impressionante Maria Sabina. Assim que regressou, antes mesmo de completar quarenta anos, isolou-se de vez no antigo entreposto avançado da Funai nos limites da terra indígena dos zuruahã, onde conviveu às margens do igarapé Pretão com os jukihi e hahabiri. Seu espírito, porém, nunca regressou do plano onde se exilou em algum momento da existência prévia ao rapto da índia sem nome.

Em uma tarde de sol à beira do igarapé, depois de muitos anos, enquanto cuidava do ferimento por mordida de cobra na perna de um garoto jukihi, George e Sylvia Maria Fuller apareceram sem aviso no entreposto, vindos de barco de Lábrea, onde o haviam procurado sem êxito. As acusações foram severas, e Sylvia jogou todos os pecados de Boaventura na mesa, sem que ele esboçasse qualquer tentativa de se desculpar por seus erros. De fato, não havia desculpa possível, mesmo assim os Fuller, informados pelos missionários do Cimi, valorizaram os esforços de Boaventura em se dedicar aos desvalidos e em se regenerar. Após se entenderem, eles relataram a Boaventura seu empenho em difundir a política de não contato com povos isolados como prática entre indigenistas ligados à Funai e às organizações não governamentais. Aquela conversa forneceu a Boaventura a chave da própria redenção, como ele me revelou em Huautla, e sua lenda pessoal começou a ser construída a partir da primeira expedição solitária que promoveu para a terra dos kaajapukugi.

Nos anos seguintes, ele viajaria sempre sozinho à região do Alto Purus, porém nunca mais travou contato com os indígenas, apenas os observando à distância nas raras vezes em que isso foi viável, de seu barco ou da mata, cuidando deles como se fosse o guardião invisível de uma barreira imaginária cujo marco principal era ele próprio, seu barco e suas armas, sua solidão povoada por fantasmas. Histórias do combate de Boaventura para impedir que grileiros e garimpeiros chegassem aos kaajapukugi correram entre os sertanistas, e a fama de sua ferocidade se espalhou entre os invasores, que passaram a temê-lo.

Quase cinquenta anos depois, uma chamada noturna do rádio do entreposto o despertou: era Sylvia novamente, ele reconheceu sua ofegação de fumante assim que a ouviu, pois sabia que ela havia passado a fumar demais após a morte de George, ocorrida fazia algum tempo. Pelo rádio, Sylvia revelou a Boaventura o pedido de asilo político dos kaajapukugi, intermediado por missionários e ativistas da Survival International, e a exigência feita pelos indígenas de que ele se responsabilizasse pela negociação. Ao ouvir aquilo, Boaventura permaneceu em silêncio, escutando o ruído da correnteza se chocar contra as colunas da palafita sobre as quais se equilibrava o entreposto, observando círculos que se expandiam na superfície d'água, feitos pelas gotas da chuva ao atingir o rio, tão resplandecente sob o luar que parecia coberto de escamas.

Talvez ele tenha considerado essa exigência como uma espécie de perdão. Mas como saber disso agora, a não ser através de especulações e dos inevitáveis mal-entendidos, em se tratando de interpretar a consciência selvagem. Ao abandonar o menino na ilha da neblina, Boaventura havia promovido um sacrifício ao acaso. Afinal, podia ser que os kaajapukugi o encontrassem antes de ser engolido por alguma fera ou pelas formigas, ou talvez o menino, premido pelo perigo, subitamente aprendesse a engatinhar e caísse dentro da cova em chamas. Mas também podia ser que não. Todas essas possibilidades culminavam em sua morte, porém o improvável ocorreu, o menino foi encontrado com vida e o abrigaram entre os kaajapukugi. Em todas aquelas décadas de vigilância distante, portanto, talvez Boaventura estivesse protegendo seu filho, não os índios. No entanto, era impossível saber se algum dia ele voltou a vê-lo ou, mesmo que o tivesse visto, se o teria reconhecido à distância. Não importava mais, fosse qual fosse a verdade. Boaventura não merecia perdão.

Como não havia novas chamadas do comissário, deduzi que a situação no Instituto Médico-Legal devia ter se acalmado. Voltei ao computador e retrocedi o vídeo até a altura em que Boaventura se referia à cosmogonia kaajapukugi relatada pela índia. Eu me recordava do teor do único artigo escrito por Boaventura sobre o animismo anarquista dos kaajapukugi — cujo título era, muito a propósito, "Schopenhauers selvagens" —, que algumas passagens da fala mascada dele no vídeo talvez pudessem iluminar. Segundo a índia, os kaajapukugi se matam, disse Boaventura no vídeo, pois assim desejam prosseguir no Terceiro Céu, jovens e valentes, e não como velhos incapazes. O sentido subjacente ao rito do tinsáanhán, portanto, era o renascimento em Di-sân-wài, o Terceiro Céu. A índia revelou que os kaajapukugi se matavam antes que suas almas morressem, permanecendo jovens em todas as versões de si mesmos ao longo das repetições inevitáveis que a compreensão que eles tinham do tempo previa, *e a Origem sempre irá se repetir*, ela dizia, *pois o número de coisas que fazem o mundo tem um limite*, e para esse número ser alcançado, Xijiè, o Mundo, tem de se repetir. E de novo o Piloto irá se perder, e de novo o Grande Besouro defecará a nuvem negra de cinquenta besouros, Hei-yún, e de novo o Piloto Perdido nos defecará, nos trazendo até aqui outra vez e mais outra, ela disse, e permaneceremos presos para sempre ao curso desse rio de destruição e renascimento. Ao contrário da jovialidade e da integralidade que permitem ao homem branco na juventude, enquanto ainda está subindo a montanha e portanto não vê a morte do outro lado, viver ignorando o que o aguarda, o kaajapukugi encarava a morte e a via com melancolia desde cedo. Já no topo da montanha, o branco vê sem problemas aquela que nos aguarda desde sempre, sua alegria desaparece e a cara é coberta pelas cicatrizes deixadas pelo tempo e pelas flechas, enquanto o kaajapukugi, ao chegar lá em cima, se lembrava de olhar para trás e então via uma montanha idêntica àquela que acabara de escalar, e sobre ela um homem idêntico a ele próprio, o que o fazia pensar na montanha que estava adiante, em tudo igual às duas montanhas anteriores, e no homem no topo dela, a cópia indefinidamente repetida de si mesmo a se repetir na montanha seguinte e assim por diante: por diante e para trás. Os kaajapukugi viam a si mesmos como um e como todos. O pai, o filho e o neto eram um só kaajapukugi simultâneo e perene na travessia do tempo.

Após assistir ao vídeo, pensei no instante em que os kaajapukugi, alertados em sua maloca pela coluna de fumaça preta que subia do incêndio na ilha da neblina e pelo ruído do motor do barco de Boaventura em fuga, se depararam com sua tumba profanada e com o menino abandonado, aos prantos e à beira de despencar na cova em chamas. Podia ser que o desaparecimento do homem mumificado que Boaventura viu nas profundezas da cova, seguido do surgimento do menino, se encaixasse na concepção primitiva deles, e os indígenas entendessem que Xikú-feixiguiuán, o Piloto Perdido, viera novamente de Di-sân-wài, o Terceiro Céu, dentro de Tinsáanhán, o Grande Besouro, até Xéngjié-de-xuìmián-dao, a Ilha do Sono Sagrado. Para os kaajapukugi, seria a comprovação renovada de sua verdade primordial. Ou talvez não fosse nada disso, e o artigo de Boaventura não passasse de um embuste construído para dignificar seu trabalho de tantos anos, ocultando seus equívocos e crimes de lesa-humanidade.

Finalmente, podia ser que tudo, desde o exílio dos kaajapukugi em Oaxaca, não passasse de um ardiloso estelionato político disfarçado sob o manto das grandes causas humanitárias. Nesse caso, eu seria o idiota útil, um cúmplice involuntário cujo papel teria sido o de ludibriar os mazatecos, ou então nada disso: talvez eu estivesse tomado pela mesma demência do luto que afetou Boaventura em sua juventude, demência ou ignorância que o levou a tomar as piores decisões (segundo ele próprio). Quem sabe eu já estivesse louco e apenas não quisesse ver o que se passou bem diante dos meus olhos, a chegada e o posterior suicídio dos kaajapukugi, que aqui vieram para proteger seu deus Xikú-feixiguiuán, oculto sob a tintura rubra do urucum, dos exterminadores. Eles vieram para proteger a si mesmos.

No entanto, minha demência era mais estranha. Ao contrário dos kaajapukugi, eu imaginava que era outro, alguém diferente de meu pai, que por sua vez se via diferente de meu avô. Nosso canto comum era interrompido de geração em geração, nos iludíamos. Não éramos livres, apenas éramos sós.

Meu pensamento me tirou do lugar onde me encontrava imóvel, e quando o celular vibrou no bolso das calças, eu já estava parado diante do traje cerimonial kaajapukugi emoldurado na parede da sala, admirando-o porém sem me deter em suas minúcias. Ao ver o traje, minha cabeça logo se esvaziava dos problemas imediatos, perdendo-se na trama intrincada da confecção. Na tela do celular aparecia o número do comissário, e o fato corriqueiro de ele ser um policial e estar me ligando me levou a supor que algo que ia bem antes talvez já não estivesse mais tão bem assim, com razoáveis chances de piorar consideravelmente em poucos segundos, caso o atendesse. Fosse como fosse, atendi a ligação.

Ativistas atacaram o necrotério municipal, disse o comissário sem ao menos dar boa-noite. Soltou essas cinco palavras na rede de telefonia e silenciou, o que me trouxe à mente seu ostensivo canino de ouro. Se naquele instante o dente estivesse visível, significava que ele sorria do outro lado da conexão. Se não estivesse, o assunto só podia ser dos mais graves, o que costumava resultar em algo problemático a ser exigido da polícia mexicana: o uso da inteligência em vez do uso da força. Obra daqueles radicais, dos Índios Metropolitanos, ele continuou. Pelo jeito o senhor não tem acompanhado o noticiário. Era verdade que eu andava distraído, pois talvez tenha deixado escapar em voz alta aquela ideia ofensiva a respeito da polícia mexicana que ainda perambulava pela minha cabeça, borbulhando em estado de pré-elaboração, já que em seguida o comissário revelou que os Índios Metropolitanos tinham assumido a autoria da morte de Boaventura, alegando que o criminoso havia sido julgado e condenado a tomar as cápsulas de curare concentrado que lhe causaram o infarto. Agora exigiam o repatriamento dos cadáveres dos kaajapukugi pra sua terra natal, o repatriamento dos tupuna, segundo eles, dos ancestrais mortos. Está tudo descrito na declaração que foi divulgada pela imprensa, disse o comissário. Nesta madrugada, após agredirem seguranças do Instituto Médico-Legal, os Índios Metropolitanos tentaram roubar o cadáver de número 50, o do homem branco que ainda não foi identificado pelo senhor como prometido, disse o comissário. A polícia chegou ao necrotério municipal a tempo de impedir que o roubassem, mas não impediu a evasão dos Índios Metropolitanos, prosseguiu o comissário, erguendo a voz como se conversasse com um surdo, e não com um mal informado. Alegam que o cadáver de número 50 era a chave do embuste criado pra ocultar crimes de lesa-humanidade. Um genocídio, além da destruição de algum importante monumento kaajapukugi, sem que ninguém soubesse exatamente a que monumento os Índios Metropolitanos se referiam. Precisamos nos livrar do problema, o senhor será devidamente informado pela chefia do seu escritório, disse o comissário. Sua licença está suspensa e o senhor retornará ao expediente. A urgência da resolução do caso de repatriamento foi priorizada à custa da investigação da identidade do cadáver de número 50, ele disse. A esse propósito, em algum momento esperamos ser informados a respeito do resultado de sua investigação. Enquanto aguardamos decisões superiores, faça o favor de não sair de Oaxaca, concluiu o comissário. Passar bem. E desligou.

Como era de esperar, eu não conhecia os Índios Metropolitanos, sabia apenas que se tratava de uma organização política mais parecida com uma quadrilha de delinquentes, creio que composta por guerreiros indígenas de etnias ameaçadas do mundo todo, sentinela, navajo, mbya-guarani, suruwaha, apache, zo'é, krenak, uma legião estrangeira indígena que pelo visto incluía os kaajapukugi. Fui ao computador saber mais sobre eles, e depois de verificar suas ações diretas pelo mundo, encontrei a declaração que assumia a responsabilidade pela morte de Boaventura. Mencionava a destruição da tumba da ilha da neblina como uma das causas, o que me levou a considerar o oposto daquilo que pensei antes: talvez o episódio do asilo político dos kaajapukugi tivesse servido para expor os crimes de Boaventura, com o apoio dos Índios Metropolitanos.

Um complô contra as escavações e exumações em cemitérios indígenas, a denúncia da violência final do colonialismo, da colonização da morte. Sendo assim, Boaventura foi condenado a se suicidar. O vídeo não passava de seu bilhete de despedida.

Enquanto elucubrava incoerências do tipo, a chamada da capa do navegador na tela magnetizou minha atenção: a torre de controle do Cosmódromo de Baikonur tinha conseguido retomar o contato da Tiantáng I, extraviada em sua viagem a Marte. Eram sinais de rádio oscilantes e ainda fracos, apenas ruídos transmitidos continuamente, mas com força suficiente para se concluir que a nave não havia sido destruída. No entanto, era cedo para saber se a missão de colonizar o planeta distante não estava comprometida. É claro que a decisão de tripular a Tiantáng I com apenas um mísero casal só podia se dever à logística da operação, à exiguidade da cabine, ao orçamento enxuto do Partido Comunista chinês, à opinião pública da sociedade monogâmica ocidental, não fosse isso a tripulação seria mais populosa, e Marte seria povoada em copulações sem gravidade, locupletadas por opulentas surubas cooperativas e copulativas. Essas ideias reprováveis vagavam por minha limitada consciência, e até cheguei a pensar que o casal da Tiantáng I tivesse deliberadamente mergulhado numa discussão de relacionamento sideral, perdido nos confins da galáxia, ao me deparar com a imagem dos tripulantes a caráter, risonhos em seus trajes espaciais com os capacetes nas mãos, acenando para as câmeras diante da portinhola aberta da cápsula espacial na iminência da decolagem, dias atrás. O homem era meio corcunda, o que creditei ao provável aperto no interior da cápsula, onde a corcunda seria providencial. Sua posição fazia pensar num carteiro de volta ao trabalho após longa greve dos correios, arriado pelo peso da bolsa cheia de correspondência atrasada, um carteiro que foi entregar cartas num endereço muito distante, se perdeu no caminho e nunca mais regressou. A mulher ao seu lado era pequena, tão baixa quanto a índia da fotografia mostrada por Boaventura no vídeo. Abri a captura de tela que tinha feito da fotografia, a imagem da jovem kaajapukugi com o menino no colo à sombra da sibipiruna em Lábrea, e a comparei com a da tripulante da Tiantáng I. Ambas tinham o mesmo sorriso de canto de lábio e olhos de jaguatirica chinesa no mesmo rosto redondo que Boaventura voltou a ver na tela da vitrine da loja em Ottawa. E a brancura unânime dos dentes que pertenciam a uma morta.

A semelhança entre as duas mulheres me abalou. Sentado diante do computador, cercado pelas prateleiras esvaziadas das estantes que pertenceram a meu pai, e de costas para a janela escancarada para a rua, me senti vigiado. Essa sensação incômoda se intensificou e em poucos minutos uma baita enxaqueca me pegou de jeito, latejando nas têmporas. Ao rodopiar na cadeira, dando meia-volta a fim de ficar de pé, vi que a amiga de minha mãe, a vizinha recém-enviuvada, olhava para mim do lado de fora da janela com ar de desconsolo. Ouvi berros, disse a mulher com as mãos gorduchas penduradas no parapeito. Mas eu não tinha berrado, tinha, me perguntei sem abrir a boca. Por causa de sua baixa estatura, dava apenas para ver a testa dela e seu nariz avermelhado despontando entre as grades. Acho que você devia sair um pouco de casa, disse a voz da vizinha sem que eu pudesse vê-la totalmente, não faz bem ficar tanto tempo sem ver gente viva, ela insistiu. A vizinha soltou no ar esse conselho, um conselho que minha mãe também teria oferecido, e sumiu de vez. Decidido a obedecê-la, segui em direção ao quarto para trocar de roupa e depois sair, a fim de espairecer por uns momentos no café do quarteirão na companhia de pessoas vivas, ainda que desconhecidas.

Ao passar diante da moldura com o traje cerimonial kaajapukugi na parede da sala, reconheci de soslaio, na trama microscópica das palhas trançadas do tecido, o mesmo desenho que havia visto no traje espacial dos tripulantes da missão chinesa na decolagem no Cosmódromo de Baikonur. Parecia impossível que não tivesse reparado naquele detalhe antes, distração que só podia creditar ao meu turvamento mental de então, mas foi o que aconteceu: o pictograma trançado no traje cerimonial kaajupukugi era idêntico ao símbolo da Tiantáng I estampado no peito dos trajes espaciais dos tripulantes. A enxaqueca atingiu seu clímax, irradiando suas pontadas das têmporas para o meio da testa. Algo estava errado comigo, um derrame parecia iminente. Regressei ao computador e movi para trás o cursor na barra de rolagem do tocador de vídeo, voltando ao ponto exato em que Boaventura exibia sua reprodução do pictograma visto na tumba da ilha da neblina. Atrapalhado, ele o exibiu à câmera de cabeça para baixo.

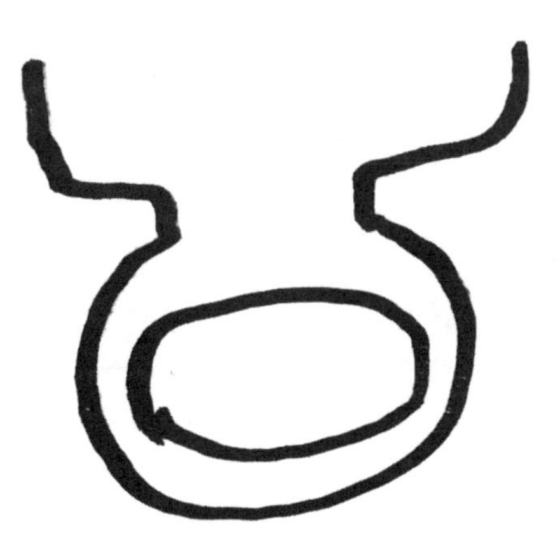

Entortei o pescoço diante da tela e imaginei o desenho na posição correta, a mesma em que aparecia no traje cerimonial kaajapukugi, nos trajes dos tripulantes da Tiantáng I e no estranho traje usado pelo homem mumificado na tumba destruída pelas chamas cinquenta anos antes.

O mecanismo de recuar e avançar do tocador de vídeo me pareceu fascinante, e fiquei movendo para a frente e para trás a barra de rolagem por um tempo indefinido. O que minha imaginação via naquele instante era sincrônico, mas a realidade estava condicionada à linearidade, como aquele vídeo também estava. No vídeo existia um antes e um depois, já o mesmo não ocorria na vida. Para voltar ao ponto em que Boaventura se enganou ao exibir o pictograma invertido, eu precisava ver sua cicatriz ser construída e reconstruída através de pixels distorcidos, quadro a quadro, impossibilitado de ir diretamente ao ponto do engano. De algum modo, a tríplice coincidência daquele pictograma em forma de capacete de astronauta era a prova de que o tempo podia ser manipulado, de que não era irreversível e de ferro como alguns queriam, e que ao se isolarem na subjetividade de um tempo próprio, os kaajapukugi subverteram o tempo histórico e objetivo. O tempo, o movimento ininterrupto pelo qual o presente se converte em passado, embaralhou quando a flecha atingiu a cara de Boaventura e toda a matéria explodiu em uma velocidade maior que a velocidade da luz, a partir de um estado de densidade infinita. Naquele instante, o ponto da origem, o Big Bang, mazatecos e menonitas se juntaram a turistas no centro histórico de Oaxaca, onde passaram a caminhar numa sucessão de momentos na progressão indefinida e contínua da existência e dos eventos no passado, no presente e no futuro, entendidos como um todo falho e cambiável, no qual cientistas do programa espacial chinês acenderam no Cosmódromo de Baikonur um antigo relógio de 500 a.C. da dinastia Sung, em que varinhas de incenso graduadas com marcas passaram a queimar num ritmo constante para indicar o tempo transcorrido, que inverteu a duração das coisas sujeitas à mudança, e a magnitude física kaajapukugi permitiu ordenar a sequência do acontecido estabelecendo um passado, um presente e um futuro não lineares, que por sua vez permitiram aos astronautas da Tiantáng I se reproduzirem não no espaço, mas no tempo, povoando a terra kaajapukugi com crianças de rosto achinesado e com a graça da jaguatirica, transformando o Alto Purus em seu paraíso original, até Boaventura se debruçar sobre a tumba profanada, acender seu fósforo e, em vez de iluminar a cova com a chama, em vez de ver que a luz era boa e a separar das trevas, apenas tornar sua escuridão ainda mais escura.

A vibração do celular me trouxe de volta à Terra, para o Cosmódromo de Baikonur. Era o brasão da equipe do Cruz Azul, que andava sumido nas últimas horas. Com a economia típica das ordens a serem obedecidas, a mensagem enviada pela chefia cancelava minha licença e ao mesmo tempo me encarregava de conduzir os cinquenta cadáveres em seu traslado de volta à terra natal. Os mazatecos não estavam autorizados pelo governo brasileiro a fazer a viagem, digitou o chefe: os brasileiros não suportavam os próprios índios e queriam distância dos alheios. Meu empenho nesse episódio era garantia de promoção no emprego, prosseguiu o brasão do Cruz Azul. No escritório, o privilégio da missão já despertava ciúme entre os colegas. Eu podia me orgulhar de tamanha responsabilidade. Que honra, nossa. Os cadáveres estavam em excelentes mãos, e o que mais poderia lhes acontecer, afinal já estavam mortos, não é mesmo ;) O comissário de polícia se encarregaria dos passos a seguir, não haveria problemas. A Survival International, apesar de não ser governamental, era muuuito competente. Que eu não me preocupasse com os Índios Metropolitanos, eram uns anarquistas idiotas à beira da extinção. Boa viagem. Até breve. Adeus, Cruz Azul, pensei comigo mesmo. Adeus e até nunca mais.

Usei o mesmo cursor que tinha manejado para viajar no tempo linear do tocador de vídeo e arrastei o arquivo produzido por Boaventura para o lixo do computador. Aquele ruído que a cesta de lixo faz ao ser esvaziada aumentou minha sensação de bem-estar. Com satisfação equivalente, verifiquei que a validade do link para transferência enviado por ele já havia expirado e, para garantir que não restaria nenhum vestígio da gravação, formatei o disco rígido da máquina. Tinha motivos para supor que algo parecido ou pior tivesse acontecido ao computador de Boaventura. Depois fui até a sala e retirei a moldura com o traje cerimonial kaajapukugi da parede, jogando-a no piso. Peguei fósforos na cozinha e o querosene que minha mãe guardava debaixo da pia para limpar peças metálicas, esparramei-o sobre a moldura e ateei fogo nela. As labaredas logo subiram, retorcendo o traje cerimonial kaajapukugi, que por um instante deu a impressão de dançar, quando o tecido de palha se acendeu e as brasas se espalharam pelos pictogramas. A certa altura o vidro que envolvia o traje explodiu com um estampido seco, e as labaredas se alastraram das hastes de madeira da moldura para o querosene respingado pelo piso, atingindo as estantes que um dia pertenceram ao meu pai. Com ímpeto, o fogo subiu alto e se espalhou pelas tábuas do forro e pelas vigas, descendo pelos lambris das paredes, consumindo toda a sala. Afugentado pelo calor em direção ao corredor que conduzia à saída principal, observei com surpresa que o interior do casarão era inteiramente revestido de madeira. Péssima escolha de meu pai: devia ter usado alvenaria, que é menos inflamável. Ao chegar à calçada do outro lado da rua, uma pequena multidão já se aglomerava em frente ao incêndio. Saí vagando pelas ruas de Oaxaca com as mãos na cabeça igualmente acesa, e pude reconhecer entre curiosos mazatecos e menonitas a vizinha amiga de minha mãe: as chamas que consumiam o casarão apareciam refletidas nos seus olhos úmidos e estatelados.

Os bombeiros devem ter demorado a aparecer, talvez porque fosse muito tarde e, contrariados com seu ofício acalorado, estivessem sonhando que eram salva-vidas nas praias de Yucatán em vez de bombeiros. De uma rua paralela onde parei para um trago, observei acima dos telhados do casario a viga principal do casarão em brasa desabar sobre a carcaça das paredes, erguendo fagulhas até o céu, e pensei que aquele era o encerramento mais drástico da lamentação de um luto que jamais se pôde imaginar. Com o incêndio, deixei para trás a família. A ocorrência de uma só noite havia me liberado para viajar no espaço e no tempo. Eu me encontrava pronto para abandonar a pátria e a mamata, o ego e o emprego, o fundo e o mundo. A vida e suas dívidas, quem sabe.

As primeiras horas da manhã me alcançaram sentado no meio-fio, olhando com desilusão o amontoado de cinzas que restara do casarão de meus pais exalando seu último fiapo de fumaça preta. Ao meu lado, com o exemplar de *Pedro Páramo* que pertenceu à biblioteca de meu pai nas mãos, estava o mendigo com aparência de monge. Ao ver de perto sua cara obscurecida pela aba larga do chapéu de palha, tive dúvidas se não seria mesmo chinês ou japonês. Ele estendeu o livro para mim, como se fosse a única coisa que tivesse sido salva das chamas, e disse que matar Buda e matar os pais eram as únicas maneiras de se livrar dos apegos. Pensei em lhe dar um abraço ou um trocado, e ao enfiar as mãos nos bolsos das calças encontrei a chave do casarão, que passei para ele. O mendigo me olhou com a satisfação de alguém que sabia ter sido compreendido. No entanto recusei o livro, ao ver que Hernández e Fernández estacionavam o velho Camaro a alguns metros dali. Tinham vindo me resgatar dos escombros familiares e me levar ao aeroporto.

É hora de partir, afinal. Agora, no presente, as notícias meteorológicas dadas pelo rádio no painel do automóvel de Hernández e Fernández indicam que uma inesperada tempestade elétrica se alastra pelas mais diversas regiões do planeta, do Saara ao deserto de Sonora, de Lábrea ao Cazaquistão. Astrônomos, em apoio ao trabalho da torre de controle do Cosmódromo de Baikonur, relacionam a perda de contato com a Tiantáng I, cujos novos sinais de rádio ainda não foram de todo codificados pelos cientistas, à instabilidade climática. Durante o tempo em que o incêndio pôs abaixo o casarão de meus pais, o mundo continuou a girar ao redor do Sol, e Hernández e Fernández prosseguiram em sua persistente mudez. Ainda é bem cedo, e nem mesmo as índias mazatecas e suas bancas de ervas apareceram no zócalo de Oaxaca. Esquinas vazias são cruzadas pelo Camaro, que é seguido por relâmpagos que riscam o céu, e o rádio sai do noticiário para o último reguetón dos Ninja Zapata, chamado "Fim do mundo". Ao ouvir as primeiras notas da música, Fernández desliga o rádio com um resmungo. Agora conheço algo de sua calada personalidade que posso admirar: Fernández não é somente um praticante inabalável da arte do silêncio, ele também abomina reguetón e a simples ideia de fim do mundo. A chuva desaba sobre os telhados da cidade, liberando cheiro de terra molhada do campo que chega até a estrada. Não tive tempo de adotar o casarão de meus pais como lar. O refrão dos Ninja Zapata gruda em minha cabeça: *o fim do mundo acaba num só segundo*. O automóvel aumenta a velocidade.

Depois de percorrer quilômetros de ruas e estradas entupidas de motonetas e triciclos motorizados num trânsito tornado ainda mais labiríntico por causa da tempestade anunciada, o Camaro atravessa o portão que leva ao hangar privado onde nos espera o avião de carga fretado pela Survival International. O vento é tão forte que arrasta os cones de segurança na pista, içando-os do chão. Na guarita do portão, enquanto Hernández e Fernández exibem sua identificação policial à segurança do aeroporto, noto a presença de um grupo cuja aparência me deixa em estado de alerta. Apoiados ao redor e sentados no teto de dois Ford Mustang de latarias estampadas com labaredas e motores ligados, próximos à grade de proteção e com os escapamentos abertos expelindo fumaça que é sugada pelos redemoinhos da tempestade, estão oito indígenas paramentados para a guerra, um apache de cara pintada e seu cocar, um botocudo com batoque nos beiços, todos com machadinhas e zarabatanas nas mãos. Acima da cabeça deles, o grande penacho avermelhado de um guerreiro sioux vibra no céu sombrio, confundindo-se com relâmpagos. São os Índios Metropolitanos, logo percebo. Entre eles, reconheço um guerreiro kayapó de corpo nu inteiramente pintado com tintura preta de jenipapo. O homem, mais parecido com um jaguar, com o cabelo brilhante cortado em cuia sobre os olhos brancos, me encara e, ao armar seu arco e flecha para o meu lado, dá um amplo sorriso de provocação. Seus dentes me causam horror. O automóvel arranca pela pista molhada e acompanho o guerreiro pelo vidro traseiro. Ele ateia fogo à ponta da flecha e a dispara com um movimento hábil contra as nuvens negras. A flecha sobe, rabiscando uma parábola com a chama que risca o céu, somando-se aos trovões que ribombam, até sumir na escuridão lá no alto.

O comissário de polícia me aguarda na porta do hangar. Dessa vez ele me cumprimenta, estendendo a mão. Mais ao fundo, vejo os cinquenta esquifes de madeira dispostos em cima dos carros de transporte de cargas. Obra dos mazatecos, diz o comissário, eles esculpiram a madeira dos esquifes em homenagem a seus hóspedes. Venha ver, é um belo trabalho, prossegue o comissário, me conduzindo pelo cotovelo em direção ao local onde funcionários do aeroporto transferem os esquifes dos carros de transporte para o interior do C-105 Amazonas meio castigado pela idade e pela obrigação de transportar carga tão funérea. Mas o que poderia ocorrer, todos já estavam mortos, meu chefe havia digitado em sua última mensagem, esquecendo de incluir seu subordinado ainda vivo na tripulação composta apenas pelo piloto e por seu copiloto. Observo o trabalho dos carregadores e me assusto, pois vejo Juan El Negro entre eles, sua cara memorável de urso meio escondida pela aba do boné exibido pelos funcionários da empresa de transporte. Meus olhos insones me enganam, penso comigo mesmo, passaram a noite abertos diante da fogueira familiar e agora me enganam. São voluntários mazatecos, diz o comissário, que de repente passa a adivinhar pensamentos, e aquele só pode ser o sobrinho de El Negro, são muito parecidos, não é mesmo. Repare no trabalho de marcenaria que eles fizeram nos esquifes, é magnífico. Então me detenho nos relevos que estão por toda a área do esquife à minha frente, como se fossem parte de uma história em quadrinhos, uma aventura do Tintim, por que não, são flores estilizadas que representam plantas sagradas e contam o mito mazateco da vida após a morte, reconheço a figura de Xochipilli em posição de destaque, o deus asteca das flores embriagantes, os mazatecos são exímios artesãos com a madeira, o tampo do esquife é uma escultura viva, porém deve ser mais um truque de meus olhos. Vejo a chegada dos cinquenta kaajapukugi a Huautla, seu esforço na construção da maloca, e eis que me identifico junto a El Negro que surge na madeira clara do esquife, nossas figuras diminutas observam a laboriosa atividade dos índios e depois ressurgem na cerimônia do tinsáanhán na selva, cercados pelos espíritos redivivos de nossos antepassados. E ao final, na parte inferior do tampo, aparecem os kaajapukugi mortos na disposição do relógio cujos ponteiros deixaram de girar. O detalhismo impressiona, é tipo uma via-crúcis pagã, diz o comissário com seu canino de ouro à mostra. Noto que Hernández e Fernández analisam atentamente as gravuras do esquife ao lado, o último a ser embarcado. Quem sabe não procurem a si mesmos nelas, dois carecas bigodudos parecidos com aqueles detetives dos quadrinhos. Quando me despeço do comissário e subo a rampa de embarque, os motores são acionados. O piloto e o copiloto já se encontram a postos na cabine de comando e nem cheguei a ver a ponta dos seus quepes aeronáuticos.

A bordo, percebo que o avião de carga tem um único compartimento. Estou sentado nele, de costas para as paredes internas e ao lado das pilhas de esquifes acondicionadas como contêineres, presas por cintos de segurança ao fundo e mais à frente para balancear o avião. Os kaajapukugi viveram e morreram juntos, ao contrário dos brancos que vivem separados e se unem apenas na hora da morte, ou nem isso. Momentos antes, ao apertar a mão do comissário de polícia, ele me segredou que as vísceras de meus companheiros de viagem haviam sido recolocadas, atendendo às exigências dos Índios Metropolitanos. Mas tem algo de estranho com esses cadáveres, ele disse ou talvez tenha sido seu pavoroso dente dourado que falou na hora, seu exibido canino de ouro falastrão: eles estão levando mais tempo que o normal pra se decompor. O comissário sussurrou isso em meu ouvido, puxando meu braço para que eu me aproximasse dele, e se despediu. Não tive tempo de perguntar o que ele quis dizer com aquilo. Os turbo-hélices do C-105 Amazonas aceleram, coloco os fones de ouvido que sempre carrego no bolso das calças. Busco uma estação de rádio no aplicativo do celular. O noticiário da rádio diz que a tempestade elétrica foi sucedida por calmaria, uma calmaria tão inesperada quanto a tempestade que a antecedeu. Meteorologistas de todo o mundo debatem o evento sem chegar a nenhuma conclusão. Em meio às informações desencontradas a respeito do clima, surge uma notícia sobre a Tiantáng I: a torre de controle do Cosmódromo de Baikonur vinha recebendo ajuda de bases aeroespaciais do Ocidente e do Oriente, mesmo assim permanecia sem novidades acerca do paradeiro da missão chinesa para Marte. Contudo, o sinal de rádio intermitente vindo do espaço sideral, um mero ruído, havia sido decodificado. Uma boa notícia, afinal. Era a voz da astronauta chinesa de rosto redondo que dizia, em emissões repetidas minuto a minuto: *Cada segundo que passa é um milagre que jamais se repete*. O barulho dos turbo-hélices se torna tão alto a ponto de impossibilitar a audição de qualquer coisa. Desligo o celular e o avião decola. Cada segundo que passa é um milagre que jamais se repete, penso.

Três horas de voo se passam com tranquilidade. Enquanto o avião atravessa os céus do México, procuro repor o sono ardido na fogueira familiar. Ao despertar, verifico a janela ao meu lado: parece uma vasta pradaria azul, sem nuvens ou colinas. Um lugar de paz. Coço os olhos e não lembro se sonhei, ou se até mesmo cheguei a sair do sono. Por um segundo, penso em ir ao banheiro e depois passar na cabine dos pilotos para enfim me apresentar. Quando estou prestes a abrir o fecho do cinto de segurança, um chacoalhão faz o avião trepidar como se fosse um ônibus que tivesse acabado de entrar numa estrada de terra muito acidentada. Outro chacoalhão acontece, dessa vez tão forte que arrebenta o cinto de segurança que prendia a primeira pilha de esquifes. Um deles, o esquife de cima da pilha, é arremessado com toda a violência para o alto, chocando-se contra o teto. Ao cair no piso do compartimento, seu tampo se rompe e do interior sai rolando o cadáver de um kaajapukugi. Na hora reconheço o filho de Boaventura, que ergue sua cabeça e olha para mim, atordoado. Ele põe a mão na testa e a sacode, como se tentasse se livrar de um pesadelo. Como se a morte não passasse do zumbido de uma mosca incômoda. A turbulência aumenta, o kaajapukugi procura ficar de pé, meio corcunda como o astronauta da Tiantáng I na fotografia, mas cai de novo no piso por onde os esquifes se espalham velozmente, sendo arremessados com perigo a cada pinote do avião. Por poucos centímetros um deles não me atinge. A voz do piloto se faz ouvir entre chiados no intercomunicador, informando que um fenômeno inexplicável ocorre em solo no momento, aparentemente a tempestade elétrica foi prenúncio de algo mais grave, o rompimento em larga escala da atmosfera terrestre. A Terra foi alvo de um terrível impacto, diz o piloto, é uma catástrofe. O kaajapukugi arrasta sua meia corcunda até um banco ao lado do meu, e prendo seu cinto de segurança para que não caia outra vez. Percebo que fios de sangue escorrem de suas narinas. Ele olha pela janela com seus olhos de astronauta chinês e eu o imito, vendo lá embaixo a Terra se partir em chamas, suas placas tectônicas se desconjuntando como um imenso quebra-cabeça cujas peças enfim se soltam no espaço sideral, um quebra-cabeça que nunca mais será recomposto, se é que um dia foi. Do centro do planeta surge uma imensa bola de fogo que aumenta e depois se apaga, engolindo tudo. A voz do piloto informa, através do intercomunicador, que o avião não tem mais onde pousar e o combustível será suficiente para apenas mais uma hora de voo.

A calmaria volta e o avião segue seu rumo sem destino, enquanto observo a expressão maravilhada do kaajapukugi olhando para a paisagem incendiada lá embaixo, o reflexo avermelhado das labaredas em seus olhos fixos no mundo que desaparece sob silêncio e cinzas, como se não passasse de uma música vinda de não se sabe onde que nos tocou diretamente o coração e sumiu, e então vejo refletidas em suas pupilas muito negras, emergidas da mais profunda escuridão, a morte e o meteoro.

Grafia atualizada segundo o Acordo Ortográfico da Língua Portuguesa de 1990, que entrou em vigor no Brasil em 2009.

capa
Pedro Inoue
imagem de capa
Shinya Kato
preparação
Leny Cordeiro
revisão
Tomoe Moroizumi
Jane Pessoa

1ª reimpressão, 2023

Dados Internacionais de Catalogação na Publicação (CIP)

Terron, Joca Reiners (1968-)
A morte e o meteoro / Joca Reiners Terron.
— 1. ed. — São Paulo : Todavia, 2019.

ISBN 978-65-80309-50-4

1. Literatura brasileira. 2. Romance. 3. Ficção contemporânea. I. Título.

CDD B869.93

Índice para catálogo sistemático:
1. Literatura brasileira : Romance B869.93

Bruna Heller — Bibliotecária — CRB 10/2348

todavia
Rua Luís Anhaia, 44
05433.020 São Paulo SP
T. 55 11. 3094 0500
www.todavialivros.com.br

fonte
Register*
papel
Pólen bold 90 g/m²
impressão
Geográfica